미라클 모닝을 만드는 하루 1분 명상

미라클 모닝을 만드는
하루 1분 명상

초판 1쇄 인쇄 | 2022년 1월 13일
초판 1쇄 발행 | 2022년 1월 21일

지은이 | 조헌주
펴낸이 | 박영욱
펴낸곳 | 깊은나무

경영지원 | 서정희
편　집 | 권기우
마케팅 | 최석진
디자인 | 민영선·임진형
SNS마케팅 | 박현빈·박가빈
유튜브 마케팅 | 정지은

주　소 | 서울시 마포구 월드컵로 14길 62
이메일 | bookocean@naver.com
네이버포스트 | post.naver.com/bookocean
페이스북 | facebook.com/bookocean.book
인스타그램 | instagram.com/bookocean777
전　화 | 편집문의: 02-325-9172　영업문의: 02-322-6709
팩　스 | 02-3143-3964

출판신고번호 | 제 2013-000006호

ISBN 979-11-91979-10-7 (03810)

365일 긍정과 감사의 명언

미라클 모닝을 만드는 하루 1분 명상

조현주 지음

"인생의 등불이 되어 주는 명언 한 줄의 힘"

깊은나무

긍정과 감사로 하루를 시작하면 인생이 달라진다

누구에게나 공평하게 주어지는 것이 있습니다. 바로 '시간'입니다. 어떤 사람은 그 시간을 기쁨과 행복으로 촘촘하게 꾸려 갑니다. 어떤 사람은 바뀌지 않는 환경을 탓하며 시간을 그냥 흘려보내기도 하죠. 시간을 어떻게 보내야 할지 모르는 사람도 있습니다.

몇 년 전까지만 하더라도 전 시간을 어떻게 보내야 할지 몰랐고, 무엇보다 아침을 맞는 게 두려웠습니다. 아무리 노력해도 변하지 않는 상황에 시간을 쓰는 게 의미 없다고 느껴졌습니다. 어쩌면 나는 제자리인데 빠르게 변하는 세상을 외면하고 싶었는지도 모릅니다.

이대로는 안 되겠다고 생각했던 그때, 글귀 하나를 보았습니다. 짧은 글귀였지만, 저에게 힘을 주었고 저를 움직이게 했습니다.

성공한 사람들, 세계적으로 위대한 사상가들이 말하는 명언에는 힘이 있습니다. 함축적인 내용으로 용기와 위안을 주기도 하고, 일침을 가하기도 합니다. 우울하고 슬픈 마음이 들 때 나만 그런 게 아니라고 공감과 위로를 받을 수도 있습니다. 자꾸 실패만 하는 것 같은 느낌이 들 때, 그건 실패가 아닌 성공으로 가는 방법 하나를 더 익힌 거라고 말해 주기도 하죠. 자신만의 길을 묵묵히 가면서 자신의 목표를 이루어낸 사람들, 온몸으로 삶을 써 내려간 사람들의 말은 인생의 나침반이 되어주기도 합니다.

명언이 필요한 상황일 때에만 보는 것도 좋습니다. 하지만 이런 명언을 매일 본다면 어떨까요. 좋은 가르침들이 매일 나의 마음 밭에 하나씩만 쌓여도 1년이면 365가지가 쌓이는 것입니다. 그 마음 밭은 비옥한 토양이 되어 좋은 것들을 무럭무럭 자라나게 하죠. 그렇게 삶은 좋은 방향으로 변하게 됩니다.

자신의 인생을 성공적으로 살고 싶은 사람들에게 이 책에 담긴 속의 명언은 밝은 등불이 되어줄 거라 확신합니다. 선택이 힘든 순간, 위로를 받고 싶은 순간, 성공하고 싶은 순간… 그 어떤 순간들에 대한 해답을 짧은 명언 속에서 찾을 수 있을 것입니다.

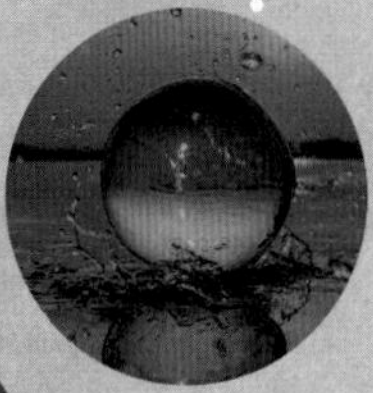

매일 새로운 하루가 시작될 때, 이 책에 나오는 명언을 읽으면서 간단한 명상과 함께 하루를 계획하는 것을 추천합니다. 각 명언에 대한 의미를 새기고, 자신의 삶에 적용할 수 있는 글을 덧붙였습니다. 명언의 의미를 되새기며 짧은 하루의 다짐을 써 보시기 바랍니다. 같은 명언이라도 자신이 어떤 상황에 있느냐에 따라 다르게 받아들여지니까요.

곁에 두고 언제든 꺼내 보면서 365일 매일을 긍정과 감사로 가득 채운 행복한 인생을 보내시면 좋겠습니다.

조헌주

차례

Part. 01

Part. 02

Part. 03

Part. 04

꿈은 반드시 그것을 실현할 수 있는 힘과 같이 주어진다.
그러나 이루기 위해서는 노력해야 한다.

_리처드 바크

Part 01

001

운명을 바꾸는 방법

운명은 우연이 아닌 선택이다.
기다리는 것이 아니라 성취하는 것이다.
윌리엄 제닝스 브라이언 (William Jennings Bryan)

우리가 인생을 살면서 피할 수 없는 결과를 맞닥뜨릴 때 '운명'이라는 표현을 쓰곤 합니다. 그리고 그 결과에 대해 순응을 하거나 체념을 합니다. 하지만 운명은 우연히 생기는 것이 아닌 자신의 선택의 결과라는 것을 인정해야 할 것입니다. 의식도 하지 못한 채 하는 아주 미세한 선택들이 모여서 결국 운명을 만들어 내는 것이니까요. 그렇기에 자신에게 일어나는 모든 일들에 운명이라 단정 짓지 말고 원하는 운명을 위해 오늘의 작은 선택에 좀 더 집중해 보는 것은 어떨까요. 지금 여러분의 선택이 결국 운명을 만들어 내는 것이니까요. 당신의 선택을 언제나 응원합니다.

1분 명상

운명은 크고 작은 선택의 결과이다.
나는 언제나 최고의 선택을 한다.

002

시작은 언제나 가볍게

처음부터 겁먹지 말자.
막상 가보면 아무것도 아닌 게 세상엔 참으로 많다.
김연아

매번 어떤 목표를 세우고 생각하지만, 그것을 실천하여 완전한 습관을 만들기는 어려워 보입니다. 목표 지점만 바라보며 너무 멀게 느껴질 때도 많죠. 이럴 땐 시선을 너무 멀리 두지 마세요. 그 목표를 위해 지금 해야 할 아주 작은 행동을 하세요.

가보지 못한 곳에는 항상 환상이 생기기 마련이고, 경험하지 못한 것에 두려움이 있지만 처음부터 겁을 먹지 않아도 돼요. 처음인 당신을 그대로 인정해 주세요. 다들 처음에는 어려웠거든요. 그냥 지금 당장 할 수 있는 것에 집중하면서 성취감을 느껴봐요. 어느 순간 환상을 가졌던 자리에 가 있는 자신을 발견할 것이고, 생각보다 쉽게 도달했다는 것을 알게 될 거예요. 그러니 겁먹지 말고 그냥 시작하시면 돼요. 지금부터 시작!

1분 명상

시작이 반이다.
오늘의 가벼운 시작으로 반은 이루었다.

003

자신을 믿는다는 것

스스로를 신뢰하는 순간
어떻게 살아야 할지 깨닫게 된다.
요한 볼프강 폰 괴테 (Johann Wolfgang von Goethe)

믿음과 신뢰는 누군가와의 관계에서 갖게 되는 부분이 많죠. 하지만 누군가를 신뢰하는 것보다 중요한 건 자신을 믿는 것입니다. 어떻게 살아야 할지 모르겠다는 사람들은 어쩌면 자신을 바라보기보다는 남의 시선에 자신을 맞추고 있을지도 모릅니다.

믿음은 바라는 것들의 실상이라고도 하죠. 실상은 모든 현상의 있는 그대로의 참모습입니다. 그리고 실상을 마음에 그리면 그대로 이루어집니다. 스스로를 믿고 신뢰하는 만큼 마음에 그리는 것들이 이루어지는 것입니다. 당신에게 일어나는 사건과 상황 그리고 경험은 당신이 자신을 생각하는 믿음에 대한 반응이기도 하구요. 다른 어떤 사람도 아닌 자신을 믿고 신뢰하세요.

나는 나를 믿는다.
내가 나를 믿는 만큼 원하는 모든 일들이 이루어지고 있다.

004

삶의 다양한 각도

고개를 들어라.
각도가 곧 태도다.
프랭크 시나트라 (Frank Sinatra)

같은 물건이라 할지라도 어떤 각도에 따라 모양이 달라 보이죠. 매일 똑같이 보는 풍경이라고 할지라도 어떤 각도에서 보느냐에 따라 달라질 거예요. 그런데 우리는 매일의 일상이 똑같다고 지겨워하고 있지는 않은지요.

다양한 각도로 삶을 보려고 노력하는 자세가 태도를 결정하고, 그 태도는 곧 내가 됩니다. 태도로 인해 나의 삶이 결정되기도 하구요. 같은 일상이라고 하지만 오늘은 조금만 다른 각도에서 삶을 바라보면 어떨까요. 아마 평소에 보지 못했던 다른 것들이 보일 거예요.

각도는 삶에 대한 태도이다.
다양한 각도로 더 풍부한 삶을 영위한다.

005

당신의 삶에 대한 태도는 어떠한가요

삶이란 우리의 인생 앞에
어떤 일이 생기느냐에 따라 결정되는 것이 아니라
우리가 어떤 태도를 취하느냐에 따라 결정되는 것이다.
존 호머 밀스 (John Homer Mills)

태도란 무엇인가요? 바로 삶을 대하는 자세입니다. 우리는 흔히들 내 삶에 어떤 일이 일어나는가에 따라 삶의 방향이 결정된다고 생각합니다. 하지만 아닙니다. 어떤 일이 아닌 내가 삶을 대하는 마음가짐이 어떠하냐에 따라 삶의 방향성이 결정이 되는 것입니다.

내 삶에 일어나는 상황에만 초점을 맞추는 삶을 살았다면 이제 태도에 대해 생각해 보는 게 어떨까요? 당신이 바라보고 있는 삶이 어떤지, 또한 어떤 태도로 삶을 대하고 있는지에 대해 말이죠. 태도는 곧 가치관이기도 하고, 인격이 되기도 하니까요.

1분 명상

태도는 인격이다.
나는 좋은 태도를 지닌 사람이다.

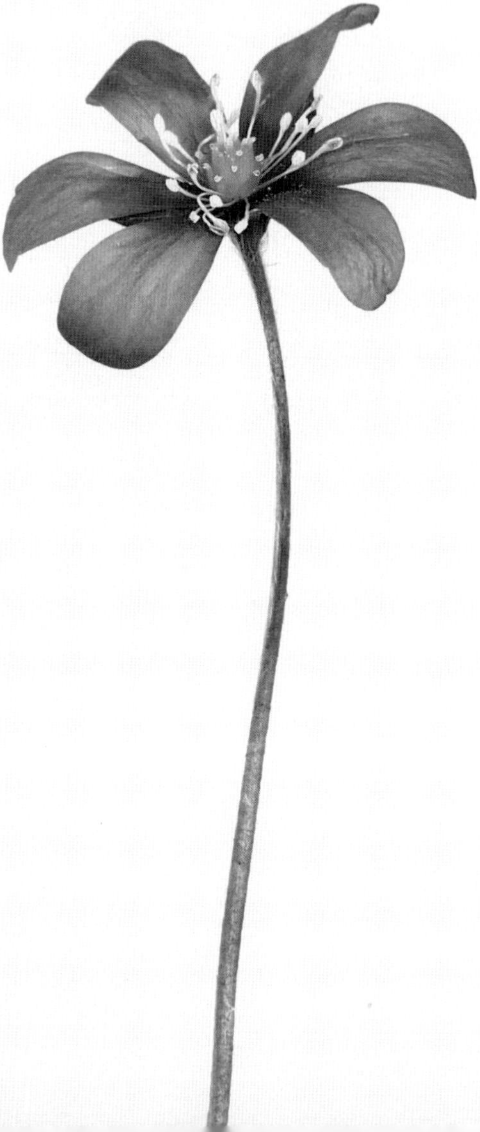

006

혼자만의 시간

인간의 모든 불행은 단 한 가지,
고요한 방에 들어앉아 휴식할 줄 모른다는 데서 비롯한다.
블레즈 파스칼 (Blaise Pascal), 〈팡세〉

누군가 곁에 있지 않으면 외롭고 불안한 마음을 느끼는 사람들이 있어요. 항상 누군가와 함께 있어왔기 때문일 거예요. 성향이란 것도 한몫하고요. 하지만 누군가와 함께 있다 보면 아무래도 자신에 대해 생각하고 느끼는 시간이 줄어드는 건 사실이에요.

혼자 있는 시간을 짧게라도 가져보세요. 처음엔 어색해도 곧 익숙해질 거예요. 그리고 나에 대해 더 잘 알게 되고, 친해지는 시간이 될 거예요. 그 시간을 통해 어떤 것에도 흔들리지 않는 자신의 가치관과 강한 정신을 갖게 될 거예요.

1분 명상

나는 혼자서도 평온하다.
그리고 강하고 아름답다.

007

행복의 비밀

행복의 비밀은 자신이 좋아하는 일을 하는 것이 아니라
하는 일을 좋아하는 것이다.
제임스 매슈 배리 (James Matthew Barrie)

우리는 때로는 우리가 느끼는 감정에 대해 정의를 내리려고 해요. 그리고 조건을 붙여요. 대부분 물질이 풍요하거나, 좋아하는 일을 하거나, 원하는 것을 가질 때 등의 세워 놓은 기준에 대한 결핍이 없어 보일 때 행복할 것이라고 생각해요.

하지만 진짜 행복한 사람은 단어의 정의나 조건에 대해서 신경을 쓰지 않을 거예요. 그냥 지금 이 순간 자신이 하는 일을 좋아하고 최선을 다해 즐겁게 살고 있을 테니까요. 행복은 조건이 아닌 그 자체로 완성된다는 사실을 기억하세요. 그리고 지금 이 순간에 최선을 다하세요. 무엇을 하든지 말이죠.

나는 언제나 순간에 최선을 다한다.
무엇을 하든 즐길 수 있어 행복한 사람이다.

008

닫혔을 땐 시선을 돌리자

행복의 한쪽 문이 닫힐 때, 다른 한쪽 문은 열린다. 하지만 우리는
그 닫힌 문만 계속 바라보느라 우리에게 열린 다른 문은 못 보곤 한다.
헬렌 켈러 (Helen Keller)

원하는 일이 생각대로 펼쳐지지 않을 때 낙담에 빠지거나 포기하곤 하죠. 하지만 자신이 생각하는 것 이상으로 더 좋은 일이 생길 수 있습니다. 예상치 못한 곳에서 말이죠. 그러니 계속해서 나에게 닫힌 문만 신경 쓰느라 열린 다른 문을 놓치지 않았으면 해요.

닫힌 문을 바라보는 과정 속에서 충분히 느끼고 깨달으면서 배움이 생겼을 테니까요. 그 과정을 감사히 여기고, 이젠 다른 곳으로 시선을 열어 보아요. 시선을 돌릴 때 무궁무진한 기회들이 펼쳐지고, 결국엔 그 문을 선택한 게 최고의 삶을 가져다주었다고 말할 수 있는 날이 올 테니까요.

1분 명상

문이 닫혔다면 다른 곳으로 시선을 돌리라는 신호다.
나에게 더 좋은 것이 기다리고 있다.

009

남이 아닌 나를 들여다보자

내가 나일 때 더 이상 남을 들여다 볼 필요가 없다.

호진 (胡軫)

손가락 하나만 누르면 어떤 정보든지 알 수 있는 세상에 살고 있습니다. 그러다 보니 남들의 삶을 볼 기회도 많아집니다. 다른 사람들의 단 한 컷에 담겨 있는 최고의 순간만을 보며 남들과 비교 아닌 비교를 할 때도 있습니다.

하지만 인생이란 단 한 컷의 장면처럼 단순하지 않습니다. 인생 또한 입체적인 모습으로 존재하구요. 단 한 컷에 자신의 인생을 증명하려는 사람일수록 뒤가 오히려 행복하지 않을 수도 있어요. 그러니 우리 의식적으로 남들을 들여다보는 것을 멈추고 나에게 더 집중하는 시간을 가져봐요. 나랑 더 친해져 봐요.

나는 나로 충분하고 완벽하다.

010

마음의 법칙

긍정적인 생각과 결합된
긍정적인 행동은 성공을 불러온다.
시브 카에라 (Shiv Kaera)

씨앗은 같은 모양을 하고 있더라도 그것을 땅에 심고 자라면서 각자 다른 모습으로 변화됩니다. 씨앗 안에 무엇을 품고 있었느냐에 따라 결과가 달라지는 겁니다.

우리의 마음도 마찬가지입니다. 어떤 생각을 마음이라는 밭에 받아들였을 때 그 생각은 작동되며 일을 하기 시작합니다. 그리고 그에 합당한 열매를 맺게 되는 것이죠. 생각 자체로는 아무 힘이 없지만, 그것을 받아들이는 마음에 따라 비로소 영향력을 발휘하기 시작합니다. 여러분은 마음에 어떤 생각을 심으시겠습니까?

1분 명상 나는 매일 모든 면에서 나아지고 있다.

011

목표를 이루는 것보다 중요한 것

마음속에 행복한 기대를 안고 보낸 시간이
성공을 이룬 시간보다 더 즐거운 법이다.
올리버 골드스미스 (Oliver Goldsmith)

저마다 인생의 목표가 있고, 그 목표는 사람마다 다 다릅니다. 어떤 사람들은 자신이 세워둔 목표를 달성하면 그때부터 행복해질 거라고도 합니다. 현재의 시간은 무시한 채 말이죠. 하지만 목표를 향해 달려갈 때가 더 행복한 법입니다.

목표가 있을 때는 어떤 부정적인 마음이 틈타지 못하거든요. 중요한 한 가지가 있기 때문에 다른 잔가지들로 마음이 흔들리지 않습니다. 오히려 목표를 달성하면 달성했다는 기쁨은 잠시, 허무함을 느낄 때도 있습니다. 지금 목표를 향해 달려가는 과정 그 자체를 즐기세요. 계속하다 보면 달성은 당연히 하는 것이니까요.

1분 명상

내가 목표로 하는 것은 반드시 이뤄진다.

012

다름을 인정하기

나와 다르다 해서 싫어할 이유도 적이 될 이유도 없다.
다름을 인정하면 그만이다.
해밀 조미하 (Haemil Jomiha)

자신과 맞지 않는 성향의 사람은 어디나 존재하죠. 그 사람을 피해 다른 곳으로 가도 똑같은 사람을 또 만난다고 해요. 자신과 맞지 않는 사람, 다른 사람을 만날 때 어떻게 그 사람을 대하시나요?

보기 싫은데 자꾸 보이는 사람을 볼 때 싫은 감정을 느끼기도 합니다. 하지만 싫다고 짜증을 내면 부정적인 감정은 나에게 영향을 미칩니다. 나와 맞지 않는 사람, 다른 사람은 그냥 인정해 주는 것이 최선입니다. 그럴 수도 있지 하면서요. 그 사람을 위함이 아닌 바로 나를 위해서요.

나는 다른 사람을 있는 그대로 인정한다.

013

남의 인생을 판단하지 말아요

자신을 아는 일이 가장 어렵고,
다른 사람에게 충고하는 일이 가장 쉽다.
탈레스 (Thales)

사람은 자신이 경험한 대로 세상을 바라보고 인생을 정의하게 됩니다. 때로는 자신의 결핍된 부분을 가까운 사람에게 요구하기도 하죠. 자신이 보는 상대방의 부족함이 아닐 수도 있다는 것을 기억하세요. 자신이 생각하는 중요한 부분이 상대방에게는 중요하지 않을 수도 있거든요.

그러니 상대방을 위한다면서 하는 충고는 그만하기로 해요. 보이는 인생과 사람의 행복지수는 다른 것이니까요. 그러니 우리 마음대로 누군가를 판단하거나 재단하지도 말아요. 나 자신에 좀 더 집중하는 삶을 살아요.

나는 다른 사람의 인생을 함부로 재단하지 않는다.

014

때로는 귀를 닫아도 됩니다

만약 모든 사람의 충고대로 집을 짓는다면
빼뚤어진 집을 짓게 될 것이다.
덴마크 속담

다른 사람의 의견을 지나치게 수용하고 받아들이려고 하는 사람들이 있어요. 남에 대한 배려가 넘치는 사람들이라고 할 수 있죠. 남의 의견에 겸허하게 수용하려는 마음 자세는 참 좋지만, 같은 것을 봐도 사람마다 생각은 모두 다를 수 있다는 것을 인정해야 해요. 그리고 정답이 없다는 것도요.

그러니 자신의 생각에 자신감을 가지고 밀고 나가도 돼요. 인생에서 정답이란 것은 없어요. 그리고 너무 많은 의견을 수용해서 반영하려다 보면 오히려 자신의 색깔을 잃게 될 거예요. 명심하세요, 부디. 때로는 남들의 이야기가 독이 될 수도 있다는 것을. 자신의 고유한 빛을 절대 잃지 마세요.

1분 명상

나는 나의 힘으로 무엇이든 할 수 있다.

015

나만의 운동 루틴 만들기

건강한 신체에 건강한 정신이 깃든다.
데키무스 유니우스 유베날리스 (Decimus Junius Juvenalis)

우리의 몸과 마음은 연결이 되어 있어 어느 한 쪽이라도 고장이 나면 다른 쪽도 영향을 미치게 됩니다. 둘 중 어느 것에 더 포커스를 두냐고 물어본다면 눈에 보이는 것에 먼저 신경을 쓰라고 말씀드리고 싶어요.

몸이 건강하지 않으면 아무리 좋은 정신이라도 무너지기 쉬운 법이거든요. 매일 조금씩 하는 운동으로 우리는 건강을 지킬 수도, 마음을 지켜 갈 수도 있어요. 하루 10분이라도 좋으니 자신만의 가벼운 운동 루틴을 만들어 보세요. 몸과 마음을 지키는 최고의 방법이랍니다.

나는 몸과 마음 모두 건강한 사람이다.
아름다움과 사랑이 넘쳐난다.

016

어떤 모습의 내가 되고 싶으신가요

오직 나만이 내 인생을 바꿀 수 있다.
아무도 나를 대신해줄 수는 없다.
캐롤 버넷 (Carol Creighton Burnett)

자신을 한 문장으로 정의하라고 한다면 표현할 수 있을까요? 우리 안에는 수많은 다양한 모습이 존재합니다. 그리고 그 모습은 어떤 사람이나 환경을 만나느냐에 따라 변하기도 하고요. 어쩌면 각 상황에 맞게 나라는 존재도 변해가는지 몰라요.

어떤 구성원들과 있느냐에 따라 나라는 존재의 위치는 달라질 수 있을지 몰라요. 위치에 걸맞는다고 하는 행동과 남들의 기대감이 있을 테니까요. 하지만 가장 중요한 건 내가 바라보는 나의 모습이란 것을 잊지 마세요.

1분 명상 나는 언제나 내가 되고 싶은 나의 모습으로 살아간다.

017

실수 좀 하면 어때요

인생에서 저지를 수 있는 가장 큰 실수는
실수할까봐 끊임없이 두려워하는 일이다.
앨버트 허버드 (Elbert Hubbard)

인생에서 앞으로 나아가지 못하게 발목을 잡는 것이 있다면 바로 실수할까봐 걱정하는 두려움일 것입니다. 실수할까봐 어떤 것도 시도하지 못하거나, 아니면 시도하다가도 중도하차 하신 적 많이 있으시죠.

실수 좀 하면 어때요. 모두가 완벽하지 않은데요. 실수에 대한 두려움은 모든 완벽하려고 하는 마음에서 나옵니다. 우리는 실수를 통해 자신을 돌아보며 겸손해질 수도 있고, 더 나은 사람이 되어 갈 수도 있어요. 그리고 한 번 실수를 해봐야 다시는 반복하지 않습니다. 그러니 자신을 용납하고 앞으로 나아가세요.

1분 명상

나는 실수를 두려워하지 않는다.
그저 앞으로 나아갈 뿐이다.

018

외로움과 고독의 경계

내 안에는 나 혼자 살고 있는 고독의 장소가 있다.
그 곳은 말라붙은 당신의 마음을 소생시키는 단 하나의 장소다.
펄 S. 벅 (Pearl S. Buck)

홀로 되어 쓸쓸한 마음을 느끼는 것을 외로움이라고 합니다. 외로움은 혼자 있는 것을 못 견디는 마음에서 비롯되지 않을까 하는데요. 그렇다면 혼자 있는 쓸쓸함을 즐길 수 있는 마음이 고독이 아닐까 싶어요.

누구나 자신만의 쉼을 느낄 수 있는 장소가 있을 거예요. 외적인 장소가 아닌 내적인 장소말이죠. 그건 고독을 충분히 음미할 수 있을 때 발견할 수 있답니다. 누가 옆에 있다 해도 마음의 쉼을 충분히 갖지 못하면 외로움을 느낄 수 있어요. 마음을 소생시켜 줄 고독의 자신만의 고독의 방을 마련해 보는 건 어떨까요.

나는 혼자서도 외롭지 않고,
누군가와 함께 있어도 괴롭지 않은 사람이다.

019

행복을 선택하세요

대부분의 사람은 마음먹은 만큼 행복하다.
에이브러햄 링컨 (Abraham Lincoln)

우리는 흔히 좋은 일이 일어나거나 좋은 상황이 생길 때 행복하다는 표현을 합니다. 하지만 스스로 행복하고자 하는 의지가 있을 때 행복도 찾아오는 것입니다. 수동적으로 기다리는 것이 아니라 능동적으로 선택할 수 있다는 것이죠.

아침에 일어나자마자 어떤 감정을 선택하시나요. 눈을 뜨자마자 행복을 선택하세요. 행복 또한 습관의 문제이기도 하니까요. 그리고 내가 행복하겠다고 마음먹고, 행복하다고 이야기할 수 있을 때 행복도 찾아오고, 유지할 수 있는 것임을 잊지 마세요.

1분 명상

나는 오늘도 행복을 선택한다.
나는 세상에서 최고로 행복한 사람이다.

020

함께 걸어가는 사랑의 힘

사랑한다는 것은 서로가 서로를 마주 보는 것이 아니라
함께 같은 방향을 바라보는 것이다.
앙투안 드 생텍쥐페리 (Antoine de Saint-Exupéry)

사랑이 막 시작되었을 때는 서로를 바라보면서 집중하느라 다른 주변의 것들에 신경을 쓰지 못하기도 하죠. 하지만 하나에 너무 집중하다 보면 반드시 지치는 순간은 옵니다. 몰입과 이완은 반복해서 이루어져야 삶의 균형을 가질 수 있거든요.

그런 의미에서 오래 가는 사랑은 같은 목적을 가지고 그곳을 바라보면서 함께 나란히 걸어 나가는 게 아닐까 해요. 너무 빠르지도 늦지도 않게 서로 보폭을 맞추면서 그 모든 것들을 함께 이겨나간다면 더 단단한 사랑의 내성이 생길 거예요. 그런 모두의 사랑을 응원합니다.

1분 명상

나는 사랑하고 사랑받을 자격이 충분한 사람이다.
함께 걸어갈 수 있는 사람이 있어 행복하다.

021

삶의 진정한 가치

재산과 명성은 바닷물 같아서 마실수록 목마르다.
아르투어 쇼펜하우어 (Arthur Schopenhauer)

현대 사회에서는 물질적인 성공을 크게 갈구합니다. 물질적인 풍요가 있어야 마음의 풍요도 온다고 믿는다는 것이죠. 하지만 주변에 크게 성공했지만 외로워 보이는 사람들도 있고, 계속해서 명예와 돈을 갈구하다가 한순간에 추락하는 사람들도 있습니다. 사람의 욕심이란 끝도 없어서 계속해서 채우고 싶은 욕망이 있는 것입니다.

삶의 진정한 가치에 대해 다시 한번 생각할 때입니다. 지금 당장 눈에 보이는 것들에 현혹되지 않고 자신이 가진 것을 세어보고 감사를 해 보세요. 감사하는 만큼 물질적인 풍요와 함께 정신적인 풍요도 더해질 것입니다.

1분 명상 나는 물질과 정신 모두 풍요로운 삶을 살고 있다.

022

자신의 사명을 깨닫는 일

인간 생애 최고의 날은 자기 인생의 사명을 자각하는 날이다.
카를 힐티 (Carl Hilty)

자기 인생의 사명을 아는 사람들의 눈에는 빛이 납니다. 그 어떤 것에도 흔들리지 않습니다. 그 사명으로 인해 충분히 인생의 충만함을 느낍니다. 그로 인해 살아 있다는 생각을 갖게 되니까요.

사명이란 지구별에 온 목적입니다. 그 사명은 사람마다 다를 것입니다. 돈을 벌어다 주고 안정적인 생활을 하게 하는 외부로부터 오는 '일'이 아닌 내 마음 속의 깊은 외침입니다. 마음속의 외침에 좀 더 귀를 기울여 보세요. 자신이 진정으로 보람을 느끼는 사명을 발견할 수 있을 거예요.

나는 내 사명이 무엇인지 알고 그로 인해 행복을 느낀다.

023

감정을 스스로 선택하기

아무도 당신의 동의 없이 당신에게 고통을 가하지 못한다.
엘러너 루스벨트 (Eleanor Roosevelt)

흔히 우리의 기분을 좌지우지하는 것을 보면 다른 상대방 때문이나 나에게 일어난 상황 때문이 많습니다. 하지만 우리가 짜증이나 화 등의 좋지 않은 감정을 갖게 되는 건 남으로부터가 아니라 나에게서 나오는 것입니다.

다른 것들을 어떻게 인지하며 반응하는지 자신의 안에 있는 것들이 밖으로 나오는 것입니다. 감정은 스스로 선택할 수 있습니다. 그리고 밖으로부터 오는 모든 상황을 대할 능력 또한 자신에게 있습니다.

1분 명상

모든 사람과 사물을 대할 능력은 나에게 있다.

024

피해의식을 갖지 않는 방법

나 자신에 대한 자신감을 잃으면, 온 세상이 나의 적이 된다.
랠프 월도 에머슨 (Ralph Waldo Emerson)

누군가가 자신을 소외시키거나 무시한다는 생각이 들 때가 있습니다. 이런 마음이 들 때 자신의 마음을 보호하기 위해 오히려 강한 척을 하거나 공격적인 태도를 보이게 됩니다. 상처받기 싫은 어린 내면 아이의 모습이 표출되는 것이지만, 그럴수록 세상에 적은 많아집니다.

어떤 것도 자신을 소외시키거나 무시할 수 없습니다. 세상이 나를 위해 존재하고 있고, 돌아가고 있다고 생각하기로 선택하며 살 수 있습니다. 그러면 주변에서 무슨 일이 일어나든 자신감 있게 살 수 있습니다.

세상은 나를 위해 돌아가고 있다.
내가 세상의 중심이다.

025

외로움이 느껴질 때

외로움은 인생에 아름다움을 더합니다. 그것은 뜨거운 석양을 더욱 불타게 하고 차가운 밤의 공기를 더 풍성하게 합니다.

헨리 롤린스 (Henry Rollins)

빡빡했던 삶에 여유가 찾아올 때 외로움이라는 감정을 느끼기도 합니다. 외로움이란 감정은 반드시 누군가와 함께 있어야 한다는 강박관념에서 올 수도 있는데요. 혼자 있는 것에 대해 좋은 생각을 가지고 있다면 외로움을 느끼지 않을 것입니다.

혼자 있기 때문에 할 수 있는 일들, 오히려 더 좋은 일들을 생각해 보세요. 오히려 아주 멋진 일이 될 수 있답니다. 오히려 인생에 아름다움이 더해지고, 내면이 단단해지는 일이 될 수도 있습니다.

나는 혼자 있는 시간을 즐기며 멋진 삶을 살고 있다.

026

자신감을 갖는 방법

할 수 있는 일을 해낸다면,
우리 자신이 가장 놀라게 될 것이다.
토머스 에디슨 (Thomas Edison)

유독 자신감으로 빛나는 사람이 있습니다. 자신감의 힘은 어디서 오는 걸까요. 바로 지금 있는 자리에서 하는 '행동'에서 옵니다. 자신감을 갖기 위한 생각을 하지 않고, 그냥 지금 할 수 있는 일을 하는 것입니다.

결과에 대한 걱정은 버리고, 실패를 해도 된다는 마음을 가지고 당장 내가 할 수 있는 아주 가벼운 일부터 시작을 하는 겁니다. 자신감은 그렇게 쌓여가는 것입니다.

1분 명상

나는 지금 내가 할 수 있는 일에 최선을 다해 행동한다.
나는 자신감으로 빛나는 사람이다.

027

성공은 결과가 아닌 과정입니다

성공은 행복의 열쇠가 아니다. 행복이 성공의 열쇠도 아니다.
자신이 하는 일을 사랑하면 성공할 것이다.
알베르트 슈바이처 (Albert Schweitzer)

성공은 결과가 아닙니다. 성공은 과정 그 자체입니다. 내가 하고 있는 일의 과정을 즐기는 것, 그리고 그 안에서 성취감을 맛보는 것입니다.

또한 사람 사이의 관계에서도 사랑하는 사람의 마음을 헤아리면서 깨닫는 것! 그 모든 여정 자체에서 무언가를 발견했다면 그건 바로 성공적인 삶입니다. 지금 나의 방식으로 내 사람들을 사랑하고 내 일을 하고 있다면 성공적인 삶을 살고 계신 겁니다.

나는 내 일을 사랑하며 모든 과정을 즐긴다.

028

화나는 상황에서 감사하기

그냥 화를 내는 것은 매우 쉬운 일이다.
하지만 적합한 사람에게, 적절한 시간에, 적합한 목적과 올바른 방법으로
화를 내는 것은 절대 쉬운 일이 아니다.
아리스토텔레스 (Aristotles)

평소 아무 일이 없을 때는 마음의 평정심이 유지됩니다. 하지만 내가 이해할 수 없는 상황이 생기거나, 누군가의 행동이나 말로 인해 화가 나기도 합니다. 화가 날 땐 한 템포 쉬는 습관을 들여보세요. 그리고 오히려 화나게 하는 것들에 감사를 해 보세요. 적어도 그 감정으로 인해 나를 점검해 보는 시간은 되니까요.

자신을 통제하는 건 눈에 보이는 게 아니라 우리가 미처 직시하지 못하는 것들입니다. 바로 '화'라는 감정처럼 말이죠. 그 감정에 지배받지 않으려면 오히려 감사하고, 자신에게 집중하세요.

나는 내 감정이 다른 사람으로 인해 흘러가게 두지 않는다.
나는 내 감정을 컨트롤한다.

029

내 가치는 내가 만듭니다

스스로를 존경하면
다른 사람도 당신을 존경할 것이다.
공자 (孔子)

언제나 자신을 증명하려는 사람이 있습니다. 자신의 가치를 증명하기 위해 주변을 두리번거리고 주변의 다른 사람들을 앞세워 자신의 가치를 증명하기도 합니다. 다른 사람에게 언제나 인정받으려고 애씁니다.

이렇게 자신의 가치를 다른 사람에게 내어 줄 때 점점 자신은 사라지게 됩니다. 나는 내가 어떤 사람인지 스스로 믿는 믿음에서 우러나옵니다. 그리고 내가 바라보는 나, 내가 믿기로 생각한 것에서 진정한 가치가 만들어진다는 것을 잊지 마세요.

1분 명상

나는 언제나 나를 믿고 존중한다.

030

우리의 뇌는 한계가 없습니다

인간의 뇌는 정밀하면서도 그 능력이 아직까지
전부 알려지지 않았다는 점에서 가장 특이한 장치이다.
스튜어트 시튼 (Stuart Seaton)

믿는 만큼 할 수 있다는 말들을 많이 하죠. 인간의 뇌도 마찬가지입니다. 우리는 우리의 생각 이상으로 많은 것들을 가지고 있습니다. 그리고 뇌는 무엇이든 할 수 있습니다. 우리는 그 뇌의 한 부분을 사용하고 있고요.

뇌가 가진 능력과 잠재력을 얼마나 믿고 사용하시나요. 그건 바로 나의 의지에 달려 있습니다. 생각하고 있는 것들을 모든 할 수 있다고 믿는 만큼 뇌는 작동한다는 사실을 잊지 마세요. 한계란 없습니다.

믿는 자에게 한계란 없다.
나는 뇌가 가진 무한한 힘을 믿고 충분히 사용한다.

031

미지의 경험을 즐기세요

우리가 경험할 수 있는
가장 아름다운 일은 수수께끼에 있다.
알베르트 아인슈타인 (Albert Einstein)

익숙한 것에는 편안함이 있습니다. 새롭게 맞닥뜨리는 일에는 신선함은 있지만 불편함을 동반하기도 하죠. 하지만 익숙한 곳에만 있으면 발전이 없습니다. 새로운 것을 하고 싶으면 어쨌든 그 익숙함에서 벗어나 행동해야 합니다.

성장은 그동안 해보지 않았던 미지의 경험에서 오기도 합니다. 평소에 해 보지 않았던 다른 발상과 시도에서 뜻밖의 것들이 발견되기도 합니다. 그러니 익숙한 것에서 벗어나 미지의 경험과 도전을 한번 즐겨 보세요.

1분 명상 나는 미지의 경험을 즐기며 항상 성장하는 삶을 산다.

032

내 방식대로 사는 방법

우리는 우리 자신만의 정원을
조성하는 것을 배워야 한다.
볼테르 (Voltaire), 『캉디드』

누구든 자기가 가진 '밭'이라는 게 있어요. 그것이 보이지 않는 마음의 밭이든, 진짜 보이는 밭이든지요. 그 밭은 나만이 가꿀 수 있어요. 그 밭에 내가 원하는 씨를 뿌리고 계속 물을 주고 가꾸어 나갑니다.

하지만 어떤 사람은 자신의 밭에 대한 확신이 없어 자꾸만 남의 밭을 염탐하는 데 시간을 씁니다. 그리고 계속 남의 밭을 신경 쓰면서 살아갑니다. 중요한 건 지금 나에게 있는 밭을 내가 원하는 대로 그려나가는 거예요. 그게 바로 확신이고요. 내 방식대로 사는 방법이랍니다.

1분 명상

나는 내 정원을 내 방식대로 가꾼다.

033

얽매이지 않는 삶을 살아요

인생은 짧다.
작은 일에 얽매이지 마라.
벤저민 디즈레일리 (Benjamin Disraeli)

우리가 살면서 분노를 느끼거나 미움이나 슬픔 등의 감정이 어디서 올 때가 많을까요. 바로 내가 아닌 남으로부터입니다. 그것도 가장 가까운 사람에게서인데요. 그만큼 친밀하고 기대감이 있어서일 거예요.

다른 사람의 말과 행동이 나의 감정을, 그리고 나의 삶을 휘두르도록 내버려 두지 마세요. 그 어떤 것에도 얽매이지 말고 흘러가는 대로 내버려 두세요. 우리가 해야 할 건 그냥 놓아 주는 일일 거예요.

나는 작은 것에 얽매이지 않는다.
흘러가도록 내버려 두며 모든 것은 순리대로 되어간다.

034

'doing'이 아닌 'being'의 삶

당신은 다만 당신이란 이유만으로도
사랑과 존중을 받을 자격이 있다.
앤드류 매튜스 (Andrew Matthews)

누군가에게 사랑을 받으려고 쫓아다녀 본 경험이 있으신가요? 뭔가를 쫓아다닐수록 불안한 마음만 들고 손에 넣은 확률은 줄어든다는 것을 경험하셨나요? 초조함이 들면 나답지 않게 되죠.

가장 나다운 모습으로 있을 때 그 모든 것들은 자연스럽게 따라와요. 나의 존재 자체를 인정하고, 사랑과 존중은 당연하다는 생각으로 그냥 누리고 있으면 됩니다. 그럼 신기하게도 정말 그렇게 되는 걸 느끼실 수 있을 거예요.

나는 나 자체로 존재하며 사랑과 존중을 받고 있다.

035

똑똑한 사람

똑똑한 사람은 무엇을 하기로 결정하면 다른 일에
에너지를 분산시키지 않고 그 일에만 매진해서 좋은 결실을 맺는다.
알프레드 베게너 (Alfred Lothar Wegener)

똑똑한 사람은 지식을 많이 가지고 있는 사람이 아닙니다. 똑똑한 사람은 자신의 삶을 통제하는 사람입니다. 자신의 모든 것을 소중히 여기고 그것들을 위해 최선을 다해 살아가고 있다면 똑똑한 삶을 살고 있는 것입니다.

스스로를 자신의 중심에 세워 보세요. 그리고 나를 행복하게 하는 일에만 에너지를 집중해서 써 보세요. 오늘도 그렇게 자신을 위한 하루를 만들어 가세요.

1분 명상

나는 똑똑한 사람이다.
나를 행복하게 하는 일에만 집중한다.

036

나에게 주는 가장 큰 선물

용서는 가장 큰 마음의 수행이다. 용서는 단지 우리에게 상처를
준 사람들을 받아들이는 것만을 의미하지는 않는다.
그것은 그들을 향한 미움과 원망의 마음에서 스스로를 해방시키는 것이다.
그러므로 용서는 자기 자신에게 베푸는 가장 큰 선물인 것이다.

달라이 라마 (Dalai Lama)

누군가를 생각하면 불편하고 부정적인 마음이 들고, 상처를 받은 경험이 있나요. 때로는 그 감정을 해결하지 않고 그냥 무시하고 살아가고 있진 않나요. 괜찮다고 생각했던 마음은 괜찮지 않을 수 있습니다. 그리고 결정적인 순간에 감정이 되살아나서 자신을 힘들게 할 수 있습니다.

그 감정에서 벗어나는 방법은 '용서'입니다. 거창하게 대면을 해서 말하는 것이 아니라 자신의 마음으로 "사랑으로 용서했다"고 해도 됩니다. 그로 인해 마음의 응어리들이 풀려나며 자유로워질 것입니다.

나는 나에게 고통을 줬던 그 사람을 사랑으로 용서한다.
나는 모든 것으로부터 자유로워진다.

037

무기력에서 벗어나는 방법

하루하루를 자기 인생의 마지막 날같이 살아라.
언젠가는 그날들 가운데 진짜 마지막 날이 있을 테니까.
레오 부스칼리아 (Leo Buscaglia)

아무것도 하기 싫은 무기력한 상태에 빠져본 경험이 있으신가요. 무기력은 내가 원하는 정도로 기능할 수 없는 상태로 어떤 의욕도 생기지 않습니다. 무기력이 찾아왔을 때 밑바닥까지 가 보는 것도 방법이겠지만, 그러다 보면 우울증과 마주할 수도 있습니다. 어떻게든 노력은 해 봐야 합니다.

무기력이라는 원치 않는 손님이 찾아 왔을 때는 '지금 이 순간'에 집중해 보세요. 과거의 상태에 지배받고 있거나, 미래를 초점으로 살거나, 또한 현재에 내가 있는 지금 이 순간이 아닌 다른 해야 할 일들로 마음을 어지럽히지 않는 겁니다. 그리고 지금 이 순간에 내가 할 일을 하는 겁니다. 아주 작은 일부터요.

나는 현재에 집중하며, 이 순간을 있는 힘껏 산다.

038

자신과 연애하기

자기 자신과 연애하듯 살아라. 자부심이란 다른 누구도 아닌
오직 당신만이 당신 자신에게 줄 수 있는 것이다.
다른 사람들이 당신에 대해 뭐라 말을 하든 어떻게 생각하든
개의치 말고 언제나 자신과 연애하듯이 삶을 살아라.
어니 J. 젤린스키 (Ernie J. Zelinski)

사랑에 대한 정의는 다를 수 있지만, 자신의 마음에 들든 들지 않든 그 모든 것들을 허용할 수 있는 의지라고 할 수 있습니다. 나 자신을 사랑한다는 건 나의 모든 것들을 있는 그대로 허용한다는 뜻이기도 하고요.

나를 있는 그대로 허용해 주세요. 그러면 어느새 다른 사람을 향한 마음도 넉넉하게 열려 있을 것입니다. 그리고 언제나 항상 함께하고 싶은 사람이 될 것입니다.

1분 명상 나는 나를 최고로 아끼고 사랑한다.

039

행복은 강도가 아닌 빈도

행복은 강도가 아니라 빈도다.
서은국, 『행복의 기원』

사람 모두 각자가 행복을 느끼는 포인트는 다를 거예요. 오랫동안 꿈꿔 왔던 일을 이루거나 갖고 싶은 것을 가질 때 행복이라는 감정을 느끼는데요. 아무리 크게 다가온 행복이라도 금방 사라진다는 거예요.

행복한 삶을 살기 위해서는 강도가 센 한 방보다는 소소한 기쁨을 느낄 수 있는 걸 지속적으로 하는 게 좋아요. 그리고 한 번 큰 행복을 느꼈다고 그 행복에 취해서 가만히 있는 것이 아니라 계속해서 찾아 나서야 한다는 거죠. 오늘은 어떤 소소한 기쁨을 선택하시겠어요?

나는 소소한 기쁨을 자주 느끼는 사람이다.

040

한 가지 시도

꿈을 향해 자신 있게 한 걸음 내디딘다면,
자신이 그런 삶을 살기 위해 한 가지 시도를 한다면
평범한 시간들 속에서 예기치 못한 성공을 만날 것이다.
헨리 데이비드 소로 (Henry David Thoreau)

마음속에 간직하고 있지만 여러 가지 이유로 한 걸음을 내딛지 못하고 있는 꿈이 있나요. 언젠가 해야지 생각하지만 우선 순위에도 밀리고, 부담을 가져서 선뜻 시도를 하지 못한 것들이요.

그 한 걸음을 오늘 걸어보는 건 어떨까요. 어떤 부담도 내려놓고 아주 가볍게 말이죠. 오늘의 아주 작은 그 한 걸음이 나중에 어떤 행복의 결과를 가져다줄지 모르니까요.

1분 명상

나는 오늘도 한 가지의 시도를 한다.

041

진정한 여행이란

진정한 여행이란 새로운 풍경을 보는 것이 아니라
새로운 눈을 가지는 것이다.
마르셀 프루스트 (Marcel Proust)

우리는 새로운 자극에 반응합니다. 새로운 풍경과 환경 속에서 마인드를 정비하기도 합니다. 그래서 낯선 곳으로의 여행을 떠납니다. 새로운 것들에 오감으로 반응하면서 여행을 즐깁니다.

하지만 익숙한 일상 속에서도 우린 여행을 할 수 있습니다. 매번 똑같다고 생각하는 것에서 벗어나 새로운 시각을 가지는 겁니다. 같은 풍경 속에서 달라지는 것은 분명히 있습니다. 새로운 시각을 가질 때 진정한 삶의 여행을 즐기실 수 있습니다.

언제나 새로운 시각으로 삶의 여행을 즐긴다.

042

내 하루를 빼앗기지 마세요

나는 내 환경의 산물이 아니라,
내 선택의 산물이다.
스티븐 코비 (Stephen Richards Covey)

자신의 내면에 가지고 있는 것들은 내가 가진 환경이나 어떤 사람에 의해 생긴 것이 아닙니다. 그건 바로 내가 선택한 것입니다.

누군가로 인해, 어떤 환경으로 인해 나의 하루를 빼앗기지 마세요. 오직 내 선택으로만 오늘 하루를 채워 가세요. 내가 원하는 모습으로 선택해서 하루를 살 때 자신이 원하는 온전한 삶을 살 수 있을 거예요. 모든 것은 나의 선택입니다.

1분 명상

나는 모든 것을 내가 선택한다.
나의 오늘을 망칠 수 있는 사람은 아무도 없다.

043

관계에 지쳤을 때

행복의 90%는
인간관계에 달려 있다.
쇠렌 키르케고르 (Soren Aabye Kierkegaard)

더불어 사는 세상이라고 합니다. 혼자서도 충분히 행복하지만 함께했을 때 우리는 더 충만함을 느끼기도 합니다. 그런데 어느 순간 관계에 지치곤 합니다. 선택이 아닌 의무로 인해 지친 건 아닌지 생각해 보세요.

관계에 대한 의무감으로 지친 느낌이 들었을 땐 조금 쉬어도 됩니다. 거리를 두어도 되어요. 함께 갈 사람이면 어떻게든 뜨거웠다 차가웠다 하는 온도를 반복하면서 함께 있게 될 테니까요.

내 주변엔 항상 힘이 되어 주는 사람들이 있다.

044

거절을 못하는 당신에게

거절할 것이라면 처음부터
거절하는 것이 친절하다.
푸블릴리우스 시루스 (Publilius Syrus)

누군가의 부탁을 받으면 거절을 잘 못하는 사람이 있습니다. 어쩌면 그건 자신이 모든 것을 다 할 수 있는 완벽하고 좋은 사람이라는 이미지를 주고 싶은 욕심에서 비롯된 것일지도 몰라요.

남을 배려하는 마음이 앞서 무리해서 받아들이지 않아도 되요. 거절한다고 뭐라고 할 사람도 아무도 없답니다. 가볍게, 처음부터 거절하는 연습을 해 보아요. 오히려 처음에 거절을 했기에 나중에 어색할 일이 생기지 않는답니다.

1분 명상 나는 확실하게 의사를 표명하는 사람이다.

045

불행하다는 느낌이 들 때

그대가 자신의 불행을 생각하지 않게 되는
가장 좋은 방법은 일에 몰두하는 것이다.
루트비히 판 베토벤 (Ludwig van Beethoven)

살다 보면 부정적인 감정이 올라올 때가 있습니다. 부정적인 생각에 사로잡히면 어느 순간 자신이 불행하다는 느낌과 함께 인생에 대한 회의감도 느낍니다.

나쁜 감정을 느끼지 않는 가장 좋은 방법은 그 틈을 없애는 것입니다. 무언가에 집중하고 몰두할 때 감정을 느낄 틈은 없습니다. 순간 순간을 해야 하는 일에 몰두해 보세요. 불행은 저 멀리 달아나 있을 것입니다.

1분 명상 내 삶을 언제나 행복으로 채워간다.

046

몰입의 힘

햇빛이 사물을 태우려면
초점을 한 지점에 고정해야 한다.
알렉산더 그레이엄 벨 (Alexander Graham Bell)

사람은 무언가에 몰입할 때 짜릿함과 쾌감을 느낍니다. 그리고 그 몰입은 절정 상태에 이르게 합니다. 무언가를 크게 이루어 낸 사람들은 지금 현재에 여러 가지를 생각하지 않습니다. 그저 한 가지를 보고 집중하고, 반복합니다.

그게 지금은 아주 작고 보잘 것 없다고 생각하는 일도 계속해서 한 곳에 집중하고 몰입하다 보면 절정의 순간을 마주하게 됩니다. 현재의 몰입이 주는 행복, 깨달음, 거대한 힘을 한번 느껴 보세요.

나는 지금 현재의 순간에 몰입한다.

047

지금의 시간을 어떻게 채우고 계신가요

그 순간을 마무리하는 것, 길 위에 내딛는 발걸음마다
그 여정의 끝을 찾는 것, 좋은 시간들로 삶을 채우는 것, 그것이 지혜다.
랠프 월도 에머슨 (Ralph Waldo Emerson)

좋았던 과거를 추억하거나, 오지 않을 미래를 그리는 것도 정서적인 측면에선 좋은 것입니다. 하지만 거기엔 현재라는 시간이 빠지면 안 될 것입니다. 우리가 제어할 수 있는 시간은 바로 현재니까요.

지금 현재를 내가 좋아하는 것, 좋아하는 사람과 함께 채워 보세요. 현재를 좋은 것들로 채우다 보면 행복한 느낌으로 충만해지면서 인생 전체가 좋아지는 거니까요.

1분 명상

나는 좋아하는 것들로 인생을 채워간다.

L'Epine
A·PARIS

048

믿음으로 확신하는 힘

사려 깊고 행동하는 몇몇 사람들이 세상을 바꿀 수 있음을 믿으라.
실제로 그들만이 세상을 바꾼다.
마거릿 미드 (Margaret Mead)

사람을 바꾸는 것, 세상을 바꾸는 것은 큰 것에서 오는 게 아닙니다. 할 수 있다는 작은 마음의 씨앗에서 시작되는 것이죠. 진실로 믿는 믿음이면 세상에 못할 것이 없습니다.

그 믿음 하나로 사람이 바뀌고 세상이 바뀌는 것입니다. 단지 그 믿음 하나로 확신이 생기면 확신대로 되는 것입니다. 당신은 어떤 믿음을 가지시겠습니까.

1분 명상

내가 믿는대로 된다.

049

인생에서 가장 중요한 것

인생이란 당신이 다른 계획을 세우느라
분주한 동안에 슬그머니 일어나는 일이다.
존 레논 (John Winston Ono Lennon) 'Darling Boy'

현대를 살아가는 사람들은 너무 바쁩니다. 해야 할 일들이 너무 많고 경쟁 사회에서 숨 가쁘게 살아가고 있습니다. 정말 중요한 가치에 몰두하느라 바쁜지 돌아봐야 할 때입니다. 바쁘다는 이유로 안위하며 정작 중요한 것을 외면하고 있지는 않나요?

시간이 없다는 핑계로 삶에서 가장 중요한 본질을 놓치고 있지 않은지 생각해 보세요. 매일 나에게 있을 것 같은 아주 사소한 일이 가장 중요한 일일 수도 있으니까요.

나는 언제나 내 삶의 중요한 본질에 집중한다.

050

습관의 힘

습관을 조심해라. 운명이 된다.
마가렛 대처 (Margaret Thatcher)

한 번 성공을 이룬 사람들은 다른 것들도 성공을 이룰 확률이 높습니다. 성공할 수밖에 없는 습관을 장착한 것이죠. 그리고 그 습관으로 자신의 운명을 만들어 간 것입니다.

성공이란 다른 것이 아닙니다. 아주 작은 습관들이 켜켜이 쌓여진 결과입니다. 지금 이 순간에도 좋은 습관을 만들기 위해 노력하세요. 그게 바로 자신의 운명을 만들어 가는 일이니까요.

1분 명상 나는 좋은 습관을 만들어 간다.

051

나다워지는 것

세상에서 가장 좋은 것은 자기다워지는 길을 아는 것이다.

미셸 드 몽테뉴 (Michel de Montaigne)

우리는 누군가에 대해 잘 알 때 친하다는 표현을 합니다. 주변에 친한 사람을 두기 위해 노력을 기울이기도 하죠. 그런데 자신에 대해선 얼마나 친하려고 노력을 하나요.

다른 사람보다는 자신과 친해지는 것이 중요합니다. 자신에 대해 더 잘 알 때 자기다워질 수 있는 것입니다. 자기다워진다는 건 나에게 맞는 삶의 방식을 발견하는 일입니다. 누군가의 기쁨이 되려고 하기 전에 나와 친해지는 시간을 많이 만들어 보세요.

나는 나답게 살고 있다.

052

적당한 호의만 베풀어요

가장 큰 실수는 자신이 할 수 있는 것 이상으로
친절해지려고 노력하는 것이다.
월터 배젓 (Walter Bagehot)

모든 사람에게 좋은 사람이 되어야 한다는 강박으로 인해 분에 넘치는 호의를 남에게 베풀 때가 있습니다. 그리고 자신의 노력에 대한 반응이나 보상을 기대하기도 합니다. 처음엔 그런 의도로 시작한 게 아니었어도 상대방에게 기대감을 갖게 되는 것은 사실입니다.

더 이상의 과도한 호의는 멈추세요. 호의는 내가 힘들이지 않는 범위 내에서 적당하게만 베풀어도 됩니다. 나를 위한 길이고 상대방을 위한 방법이랍니다.

1분 명상 나는 적당한 호의를 베푸는 사람이다.

053

자주 변하는 삶

늘 행복하고 지혜로운 사람이 되려면
자주 변해야 한다.
공자 (孔子)

원하던 무언가를 손에 넣었을 때나 성취했을 때 기쁨을 생각해 보세요. 기쁨이 오래 갈 것 같지만 그리 오래가지는 않았을 거예요.

늘 행복한 삶을 살기 위해서는 원하던 자리에서 안주하는 것이 아니라 자주 변화를 시도해 보세요. 그 안에서 소소한 행복과 지혜를 발견할 수 있을 거예요.

나는 늘 행복하고 지혜로운 사람이다.
변화를 두려워 하지 않는다.

054

가까이 있는 것을 더 챙기세요

익숙함에 속아 소중함을 잊지 말자.
앙투안 드 생텍쥐페리 (Antoine de Saint-Exupéry) 『어린 왕자』

익숙함은 편안함을 느끼게 해줍니다. 편안함을 느낄 때 태도가 흐트러지기도 합니다. 익숙하고 편안한 마음이 들기에 언제나 자신의 옆에 있을 거란 생각을 합니다. 그렇기에 익숙한 것들에 더 소홀하진 않았는지요.

진짜 소중한 것들은 티가 나지 않습니다. 보이지 않을 때도 있습니다. 매일 숨을 쉬게 하는 공기처럼요. 그 익숙함에 속아 소중한 것을 놓치지 않았으면 해요.

나는 익숙한 것을 소중하게 여기는 사람이다.

055

평안한 마음 유지하기

군자는 마음이 평안하고 차분하나,
소인은 항상 근심하고 걱정한다.
공자 (孔子)

사람마다 걱정이 일어나는 부분은 다릅니다. 일, 관계, 사랑, 경제 등에서 고민하고 때로는 복합적으로 일어나기도 합니다. 마음에 이러한 자극이 계속될 때 이리저리 흔들리게 됩니다.

가장 중요한 건 내 마음입니다. 걱정, 근심으로부터 자유로워진 평안한 마음을 유지하는 것. 그건 사소한 걱정을 끊어내겠다는 결심에서 시작이 될 것입니다.

1분 명상 나의 마음은 언제나 평안하다.

056

인생의 방향을 아는 일

이 세상에 가장 중요한 것은 내가 '어디'에 있는가가 아니라
'어느 쪽'을 향해 가고 있는가를 파악하는 일이다.
올리버 웬들 홈스 (Oliver Wendell Holmes)

도달해야 하는 목표 때문에 무언가에 늘 쫓기면서 살아가지는 않는지요. 조금만 더 조금만 더 하며 정작 소중한 걸 놓치고 가고 있지는 않은지요.

중요한 건 내가 무엇을 성취했느냐보다는 내가 무엇을 향해 가고 있는지를 알고 끊임없이 되묻는 일입니다. 나와 맞지 않는 길을 좇아 가다 진짜로 인생에서 소중한 것을 놓치지 않았으면 해요.

나는 내 인생의 방향을 정확히 알고 있다.

057

진심을 담는 말

진심을 다하면 내가 변하고, 내가 변하면 모든 게 변한다.
선덕여왕 (善德女王)

내 삶에 대해 내 사람에 대해 진심을 다하고 계신가요. 진심을 담은 말에서는 감동이 있습니다. 감동이 있는 삶은 내 존재 자체로 살아 있는 느낌을 갖게 합니다.

"감사합니다. 사랑합니다" 같은 소박하고 어쩌면 너무 흔해서 잘 하지 않는 말들이 습관이 되면 그 말들로 인해 내가 변하는 게 느껴집니다. 그로 인해 주변도 환하게 변해 갑니다. 진심을 담은 작은 말들로 습관을 만들어 보세요.

1분 명상

나의 말에는 언제나 진심이 담겨 있다.

058

진정한 사랑이란

우리는 오로지 사랑을 함으로써 사랑을 배울 수 있다.

아이리스 머독 (Iris Murdoch)

진정한 사랑에는 계산이나 이기심이 들어갈 자리가 없습니다. 자신보다는 그 사람을 먼저 걱정하고, 이해하고, 상대방의 행복에 대해 먼저 생각하는 것. 배려보다는 더 큰 사랑의 힘이 아닐까요.

우리는 사랑을 하기 위해 다른 사람의 조언을 구하거나 사랑에 대해 알기 위해 책을 보기도 합니다. 하지만 사랑은 그냥 사랑을 함으로써 배울 수 있습니다. 그런 사랑을 하고 계신가요?

나는 진정으로 사랑하는 사람이 있다.
또 나를 진정으로 사랑해 주는 사람이 있다.

059

만족에 이르는 삶

가장 적은 것으로도 만족하는 사람이 가장 부유한 사람이다.
소크라테스 (Socrates)

행복을 느끼는 기준은 모두가 같지 않습니다. 어떤 사람은 적은 것으로도 만족하는 반면, 어떤 사람은 많이 가지고 있어도 만족하지 못합니다.

행복의 기준을 조건이나 소유에 둔다면 만족감을 위해 계속해서 갈망하게 될 것입니다. 지금 가지고 있는 것에 만족하고, 감사하는 마음을 갖는 것이 최고의 행복이 아닐까요.

1분 명상 나는 어떤 상황이든 만족할 줄 아는 사람이다.

060

자존감이 낮아졌을 때

낮은 자존감은 계속 브레이크를 밟으며 운전하는 것과 같다.
맥스웰 말츠 (Maxwell maltz)

어떤 일을 할 때 자신감이 없고 계속 누군가에게 검증받으려 할 때가 있습니다. 자신을 믿지 못하는 마음 때문입니다. 자신을 믿지 못하는 마음은 자존감과도 연결이 됩니다.

내가 앞으로 나아갈 수 있는 힘은 나의 자존감에서 나옵니다. 있는 그대로 자신을 사랑하고 인정해 줄 때 누구의 눈치를 보지 않고 고속도로를 달리는 기분을 느끼실 수 있습니다. 있는 그대로의 나 자신을 아끼고 사랑해 주세요.

나는 나를 아끼고 사랑한다.

061

언어의 힘

언어의 문법 속에서도 생각과 현실 사이의
조화를 찾을 수 있다.
루트비히 비트겐슈타인 (Ludwig Josef Johann Wittgenstein)

말은 사람의 생각을 담습니다. 그렇기에 사용하는 언어가 바로 자신이라고도 할 수 있습니다. 은연중에 자신을 갉아먹는 말을 하고 있는지요. 사용하는 언어가 달라지면 만나는 사람이 달라지고, 환경이 달라지기도 합니다.

누군가에게 말하는 언어 습관뿐 아니라 혼자 하는 언어 습관이 더 중요할 거예요. 자신과의 긍정적인 대화 습관을 늘려가시길 바랍니다.

1분 명상

나는 긍정적인 언어를 사용한다.

062

환경을 지배하는 삶

환경이 사람을 만드는 게 아니라 환경은
그가 어떤 사람인지 드러낼 뿐이다.
에픽테토스 (Epictetus)

흔히 어떤 환경에 있느냐에 따라서 생활 습관과 사고방식 등이 변한다고 합니다. 사람은 주변의 환경에 반응하기에 그것도 일리가 있는 말입니다.

하지만 기억하십시오. 환경이 먼저가 아니라 사람이 환경을 만든다는 것을요. 그저 환경은 우리가 어떤 사람인지 나타나고, 드러내 줄 뿐입니다. 자신만의 올바른 가치관으로 환경에 지배당하지 않고, 지배하는 인생을 사시길 바랍니다.

나는 언제나 내 환경을 스스로 만들어간다.

063

마음이 가진 힘

정복되지 않는다는 게 마음이 가진 힘이다.
루키우스 안나이우스 세네카 (Lucius Annaeus Seneca)

마음대로 되지 않는 게 인생이라지만, 그중에서도 자신의 마음을 제어하는 게 제일 힘듭니다. 온갖 감정들이 마음에 들어설 때 영향받지 않고 싶지만 자신의 마음대로 할 수 없음을 깨닫게 됩니다.

그럴 땐 마음을 어떻게 하려 하지 말고 그냥 인정해 주고, 흐르는 대로 두는 것이 어떨까요. 때로는 발버둥치지 않고 그냥 인정하고 바라보는 것이 최선일 때도 있습니다. 그러다 보면 순리대로 해결되는 것을 발견하게 됩니다.

1분 명상 모든 건 순리대로 해결된다.

064

품위 있는 사람

그들이 저급하게 가도 우리는 품위 있게 가자.
미셸 오바마 (Michelle Obama)

"눈에는 눈, 이에는 이"라는 속담을 아시나요. 가끔 공정하지 못한 방법이나, 야비한 사람의 행동으로 감정이 영향받을 때가 있습니다. 그리고 그 사람들이 한 방법으로 똑같이 갚아줄까 하는 생각도 듭니다.

하지만 그런 사람들로 인해 자신의 품위를 저버리지 마세요. 정당하지 못한 방법으로 얻은 건 어떤 방식으로든 결국 드러납니다. 그 그런 사람들로 인해 자신의 귀중한 시간과 감정을 낭비하지 말고 자신의 길을 걸어가세요. 그냥 언제나 그렇듯 품위있고 당당하게.

1분 명상

난 품위 있고 당당한 사람이다.

065

더불어 행복해지는 길

남에게 베푼 것은 잊고 남에게 받은 은혜는 기억하라.
바이런 경 (Lord Byron)

주변 사람에게 서운한 감정이 들 때가 있습니다. 그 사람의 말이나 행동에서요. 상대방에게 기대감이 있을 때, 혹은 내가 해 준 것에 비해 돌아오는 게 없을 때 그런 느낌을 갖게 되는데요.

더불어 사는 사회에서 누군가에게 서운한 감정을 느끼지 않고 함께 행복해지는 비결이 있을까요. 그건 바로 준 것에 대해 생각하지 않고 받은 은혜만 기억한다는 것입니다. 서운함으로 감정 낭비하지 않게 함께 노력해 보아요.

나는 받은 은혜만 기억한다.

066

고난에 대처하는 법

세상은 고난으로 가득하지만,
고난의 극복으로도 가득하다.
헬렌 켈러 (Helen Keller)

세상을 살아가면서 크고 작은 고난이 생길 수밖에 없습니다. 고난은 대부분 생각지도 못했던 부분에서 맞닥뜨리게 되는데요. 누구에게나 감당할 수 있는 만큼 주어진다고도, 그 또한 지나간다고도 말을 합니다.

하지만 고난 중에 있을 땐 그런 말조차 힘이 되지 않습니다. 고난을 애써 이기려고도, 극복하려고도 하지 마세요. 그저 담담히 바라보는 연습을 하세요. 진짜 아무것도 아니게 되는 날이 올 테니까요. 생각지도 못한 부분에서 해결될 때도 있으니까요.

1분 명상 고난은 언제 왔는지 모르게 아주 자연스럽게 지나간다.

067

사람들이 나를 대하는 방식은 내가 허락한 것

있다고 다 보여주지 말고, 안다고 다 말하지 말고,
가졌다고 다 빌려주지 말고, 들었다고 다 믿지 마라.
윌리엄 셰익스피어 (William Shakespeare), 『리어왕』

나에게 무례하게 대하는 사람이 있나요. 누군가 나를 그렇게 대했다는 건 내가 어느 정도 여지를 줬기 때문에 그런 것입니다. 한순간도 나를 함부로 대하게 두지 마세요.

다 보여주지 말고 적당한 거리에서 내가 어떤 사람인지 알려주세요. 존중하는 법을 알려주세요. 어느 누구도 함부로 대할 자격은 없으니까요.

사람들은 나를 존중하고, 나도 그들을 존중한다.

068

모든 변화는 나로부터 시작됩니다

사람들은 시간이 변화시켰다고 말하지만,
실제로 당신 자신이 그것을 변화시킨 것이다.
앤디 워홀 (Andy Warhol)

생각지도 못했던 일이 일어나 옴짝달싹 못 했던 경험이 있으신가요. 그런 경험들을 통해 우리는 변화를 맞닥뜨리게 됩니다. 좋은 변화든 나쁜 변화든 말이죠.

시간이 흐르다 보면 환경이 변하고 세상이 변한다고 하지만 그 중심에 있는 사람이 변화를 시킨 것입니다. 모든 변화는 나로부터 시작이 되는 것이고, 스스로 변화하겠다는 의지만 있다면 못 할 것이 없다는 것을 기억하세요.

나는 변화를 즐기는 사람이다.

069

좋은 습관 만들기

사람이 습관을 만들고, 습관이 사람을 만든다.
존 드라이든 (John Dryden)

누구나 좋은 습관을 만들고 싶어 합니다. 좋은 습관을 가지고 있으면 삶의 만족도도 커지기 때문이죠. 살아가면서 많은 도움을 주기도 합니다.

처음에 습관을 만들 때는 내 의지로 만들어 갈 수 있지만, 나중에는 습관이 삶을 지배하게 됩니다. 의지로 만들어 갈 수 있을 때 성공과 행복을 가져다주는 작은 습관들을 하나씩 만들어 가는 것이 어떨까요. 아주 작고도 좋은 습관이요.

1분 명상 나는 좋은 습관을 실천한다.

070

확신과 믿음

확신과 믿음이 현실을 만든다.

윌리엄 제임스 (William James)

대부분의 사람들은 눈에 보여야 믿을 수 있다고 합니다. 하지만 무언가를 개척하고 이룬 사람들이 공통적으로 말하는 건 믿는 것을 보게 한다고 합니다.

믿음은 보이지 않는 것의 실상이라고 합니다. 보이지는 않지만 실제로 그렇게 된다는 거죠. 자신이 원하는 것을 이미 보았고, 가졌다고 믿는다면 그 확신하는 믿음대로 현실로 나타나게 되는 것입니다. 오늘 무엇을 믿으시겠습니까.

내가 믿는 것은 그대로 현실이 된다.

071

할 수 있다는 생각

당신은 할 수 있다고 생각하는 모든 일을 할 수 있다.
이 법칙은 인간적인 모든 문제를 해결해 주는
글자 그대로의 신의 선물이다. 당신을 불치의 낙관론자로 만든다.
또 무한한 가능성을 향해 활짝 열린 문이기도 하다.
로버트 콜리어 (Robert Collier)

어떤 일을 시작하려고 할 때나 문제가 있어 해결하려고 할 때 가장 크게 부딪히는 게 뭐라고 생각하시나요. 외부에서의 방해가 아닌, 바로 할 수 없다는 생각과 노력해도 상황이 바뀌지 않을 거라 생각하는 뿌리 깊은 믿음입니다.

당장에는 희망이 보이지 않더라도 할 수 있다는 생각만 있으면 역전은 반드시 가능합니다. 세상 모든 일은 끝날 때까지 끝난 게 아니니까요. 할 수 있다는 생각이 모든 결과를 결정한다는 사실 잊지 마세요.

1분 명상

나는 뭐든 할 수 있기에 생각하는 대로 하면 된다.

072

성공의 가장 큰 비밀

성공한 삶의 가장 큰 비밀은 목표를 정하고
성취해내는 것이다.
헨리 포드 (Henry Ford)

대부분의 시간에 무슨 생각을 하며 보내는지 생각해 보세요. 해결되지 않은 문제로 마음을 쓰고 있지는 않은지요. 의식을 하는 순간 변화는 시작됩니다.

고민을 하느라 시간을 보내기보다, 미래를 생각하며 자신의 성장과 발전에 초점을 맞춰 보는 것이 어떨까요. 목표를 세우고 그에 맞는 생각과 행동을 해 보는 거예요. 목표를 정하고 행동이 가장 단순하면서도 큰 성공의 비밀입니다.

나는 목표를 정하고 반드시 성취해낸다.

073

나는 나를 사랑해

항상 스스로를 존중하는 마음으로 살기란 쉽지 않다.
적어도 지금까지 내가 아는 바로는 그렇다. 하지만 스스로를 따뜻하게
감싸 안는 일, 스스로 가치 있는 존재임을 깨닫고
자기 존중심을 발전시켜 나가는 일은 결국 우리 자신의 몫이다.
기네스 펠트로 (Gwyneth Kate Paltrow)

자기 존중심을 발전시켜 나가는 방법 중에서 가장 단순하면서도 효율적인 방법은 나 자신을 사랑하는 것입니다.

내가 어떠한 모습이든 있는 그대로 껴안고 보듬어 주면서 무한한 사랑을 주는 거예요. 그때부터 나도 변하지만 내 주변이 변하고, 모든 삶이 더 좋아지는 것을 느낄 수 있을 것입니다. 오늘도 이렇게 외쳐 보세요.

1분 명상

나는 나를 정말 사랑해.

074

마음 다이어트

행복은 가치 있는 이상의 점진적인 실현이다.

얼 나이팅게일 (Earl Nightingale)

규칙적인 운동과 식습관 조절을 통해서 살을 빼는 것처럼 규칙적으로 하는 좋은 생각으로 정신의 살을 뺄 수 있습니다. 바로 마음 다이어트인데요. 규칙적으로 운동을 하듯이 낙관적인 생각을 통해서 부정적인 감정을 줄여 나가는 것입니다. 우리의 사고 방식도 연습과 반복을 통해서 습관이 될 수 있습니다. 그리고 이 습관으로 인해 점점 행복한 사람이 되어가고 있을 것입니다.

좋은 사고를 습관화한다.

075

자신을 이기는 힘

자신을 완벽하게 이길 수 있으면 다른 어떤 것도 쉽게 이길 수 있다.
그러므로 자신에 대한 승리가 가장 완벽한 승리이다.
토마스 아 켐피스 (Thomas à Kempis)

"이긴다"는 말을 하면 어떤 것이 떠오르나요. 다른 어떤 대상이 생각날 것입니다. 하지만 가장 어려운 건 자신을 이기는 게 아닐까요.

목표를 향해 가는 과정 중에 방해하는 마음, 행동하지 못하게 하는 자신을 이기고 극복하는 것뿐만 아니라 자신을 이긴다는 건 많은 의미를 내포하고 있습니다. 그리고 그런 자신을 이길 수 있으면 다른 어떤 것도 쉽게 이길 수 있다는 것을 기억하세요.

1분 명상 나는 나를 이긴다.

076

습관을 지배하는 행동

사람은 자신이 반복하는 행동의 노예가 된다.
사람이 선택을 하지만 결국 강요를 당한다.
오리슨 스웨트 마든 (Orison Swett Marden)

아이디어와 생각이 마구 떠오를 때가 있습니다. 그 아이디어가 생각으로만 남겨두지 않고 현실이 되도록 하려면 '행동'을 해야 합니다.

매일 반복하는 행동을 우리는 선택할 수 있고, 그 행동을 통해 일은 이루어집니다. 지금 하는 행동을 우리는 선택할 수 있지만, 나중에는 반복적으로 하던 행동이 습관이 되어 우리도 모르는 사이에 삶을 지배하게 된다는 사실을 잊지 마세요.

나는 현명한 행동을 한다.

077

진실은 드러나는 법

당신 자신에게 진실하라. 그러면 낮을 따라 밤이 오듯이
진실이 따라온다. 당신을 어느 누구도 기만할 수 없다.
윌리엄 셰익스피어 (William Shakespeare)

잠깐의 순간을 모면하려고 거짓을 선택해 본 경험이 있으신가요. 그렇다면 그 거짓은 한 번으로 끝나지 않는다는 것도 알 것입니다. 거짓은 복잡하고 피곤하게 만듭니다.

자신에게 진실하고, 남에게 솔직한 태도가 인생을 보다 명백하게 만든다는 것을 기억해야 합니다. 진실은 언제나 드러나는 법이니까요.

1분 명상

나는 언제나 솔직하고 진실하다.

078

고난이 주는 선물

하느님은 당신에게 선물을 줄 때
고난이라는 포장지로 선물을 싼다.
노먼 빈센트 필 (Norman Vincent Peale)

과거에 고난을 겪으신 적이 있으신가요. 아니면 현재 고난 중이라고 생각이 드시나요. 고난 중에 있을 땐 그 고난에 빠져 그 안에 담긴 희망을 발견하기가 힘듭니다.

하지만 조금만 더 넓게 생각을 한다면 그 고난으로 인해 단단해진 마음이나, 자신에게 바뀐 상황이나 성장 등등의 것들을 발견할 수 있을 것입니다. 고난은 피해갈 수 없어도 그 고난을 대하는 내 마음의 자세는 바꿀 수 있습니다. 고난을 통해 반드시 성장과 발전이 있고, 선물이 주어질 것을 믿는 믿음입니다.

고난은 선물이다.

079

행동이 운명이 된다

행동은 습관을 형성하고 습관은 성격을 결정한다.
성격은 우리의 운명을 굳힌다.
에드워드 트라이언 (Edward Tryon)

목표가 있다면 어떻게든 행동은 하게 되어 있습니다. 행동을 통해 습관이 결정되고, 그 습관은 인생의 태도와 성격을 구축하게 됩니다.

인생을 대하는 태도와 성격은 자신의 운명이 되는 것입니다. 우리가 운명이라고 말하는 것들은 결국 지금 이 순간 하는 '행동'에서 나오는 것이겠네요.

1분 명상 나는 오늘도 좋은 습관 한 가지를 만들어간다.

080

단순함이 주는 매력

단순한 것은 사람을 끌어당기는 힘을 갖고 있다.
어린아이와 동물의 세계에서 찾을 수 있는 매력도 그 단순함 속에 있다.
파스칼 (Pascal)

가짜는 복잡합니다. 자신을 증명하기 위해 많은 것들을 갖다 붙이며 말이 많을 수밖에 없습니다. 하지만 진짜는 단순합니다. 굳이 증명하려 하지 않고 많은 말들을 하지 않습니다. 가끔 너무 복잡하게 세상을 바라보고 있지는 않나요. 어린 아이와 같은 단순함이 때로는 답이 될 수도 있고, 매력이 될 수도 있습니다.

나는 단순한 매력을 가지고 있다.

081

쓰기의 기적

아마추어는 앉아서 영감을 기다리지만,
나머지 사람들은 일어나서 일하러 간다.
스티븐 킹 (Stephen King)

무언가를 시작하려고 하는데 좋은 아이디어가 떠오르지 않거나 뭘 해야 할지 모르고 계신가요. 그럴 땐 종이를 가지고 지금 당장 할 수 있는 걸 하나씩 적어 내려가 보세요. 무언가를 쓰는 행위 자체가 감각을 자극해서 행동할 수 있는 힘을 기르게 합니다.

더 좋은 것은 매일 해야 할 일의 목록을 써 보는 거예요. 그러면 행동은 자연스러운 일이 됩니다.

1분 명상

나는 매일 행동하는 사람이다.

082

지금 당장 시작하세요

무언가를 생각하는 건 무서운 일이 아니다.
정말로 무서운 건 시작하지 않는 것이다.
마이클 조던 (Michael Jordan)

어떤 시작에 앞서 생각이 꼬리에 꼬리를 물죠. 잘 안 되면 어떡하지, 시간 낭비하는 건 아닐까 등등. 그러면 두려움이 느껴지면서 가만히 있는 게 최선이라는 생각이 듭니다.

가만히 있으면 아무 일도 일어나지 않는다는 사실을 기억하세요. 모든 게 완벽해진 다음에 시작하려고 하지 말고 그냥 지금 당장 시작하세요. 부족한 부분은 서서히 고쳐 나가도 됩니다.

1분 명상 나는 지금 당장 시작한다.

083

자신의 재능을 들여다보기

우리는 가지고 있는 15가지 재능으로 칭찬받으려 하기보다,
가지지도 않은 한 가지 재능으로 돋보이려 안달한다.
마크 트웨인 (Mark Twain)

누구나 반드시 한 가지 또는 그 이상의 재능을 가지고 있습니다. 아주 작은 것이라도 말이죠. 하지만 간혹 다른 사람이 가진 것이 좋아 보일 때가 있습니다. 그래서 그것을 따라가려고 애쓰고 있진 않나요.

제일 중요한 건 자신을 아는 일이고, 자신이 가진 것에 감사하는 일입니다. 자신이 가진 재능을 한번 들여다보세요. 그리고 그것을 발전시켜 보세요. 유일무이한 나만의 것을요.

나에겐 유일무이한 재능이 있다.

084

천재는 어떤 사람?

천재란 자신에게 주어진 일을 하는
재능 있는 사람일 뿐이다.
토머스 에디슨 (Thomas Edison)

흔히들 천재는 타고난다고 말을 합니다. 분명 타고나는 부분도 어느 정도 있지만, 타고나는 것을 넘어서는 것이 있습니다.

바로 '성실함'입니다. 자신에게 주어진 일을 성실하게 꾸준히 하는 사람이 어느 순간 그 분야에서 독보적인 사람이 되고, 그때 '천재'라는 이름으로 불리게 되는 것입니다.

잊지 마세요. 천재는 자신의 조그마한 재능을 꾸준히 하는 사람이란 것을요.

1분 명상 한 가지를 꾸준히 하는 나는 천재다.

085

마음 가는 대로 사랑하세요

사랑받고 싶다면 사랑하라,
그리고 사랑스럽게 행동하라.
벤저민 프랭클린 (Benjamin Franklin)

사람들에게 사랑을 받고 싶다는 열망은 누구에게나 있습니다. 하지만 누군가를 사랑하려고 할 때 계산을 하게 되는 것도 사실이에요. 상처받지 않게 자신을 보호하고자 하는 건데요.

사랑할 대상이 생겼다면 그냥 마음껏 사랑하라고 말해주고 싶어요. 결국 진심은 통하게 되어 있고, 상대방을 움직이는 힘은 계산하지 않은 진심에 있으니까요.

나는 마음껏 사랑하는 사람이다.

086

도전을 즐기는 삶

도전은 인생을 흥미롭게 만들며,
도전의 극복이 인생을 의미 있게 한다.
조슈아 J. 마린 (Joshua J. Marine)

도전을 하고 싶은데 망설이고 계신가요. 이제 와서 뭘 시작하나 하는 생각을 하고 있지는 않나요. 새로운 것에 대한 도전으로 한 발짝 떼었을 때 인생은 좀 더 흥미로워지는 것을 경험합니다. 도전하기에 적당한 때라는 건 없습니다. 누구나, 언제나 할 수 있기 때문인데요. 바로 지금 아주 소소한 것을 도전해 보는 건 어떨까요. 그로 인해 어떤 일이 펼쳐질지 아무도 모르잖아요.

1분 명상 나는 도전을 즐기는 사람이다.

087

누군가에 대해 미운 마음이 들 때

나무는 제 손으로 가지를 꺾지 않는다.
그러나 사람은 제 마음으로 가까운 이들을 베어 버린다.
레프 톨스토이 (Lev Tolstoy)

누군가를 향한 미운 마음이 들 때 어떻게 하시나요. 미운 마음은 들 수 있지만, 그로 인해 자신의 감정이 안 좋아지면 자신을 갉아먹는 일이 됩니다.

그럴 땐 한 발짝 물러나서 상대방을 객관적으로 바라보는 연습을 하는 게 어떨까요. 거리를 두면 그 감정에서 어느 정도는 빠져나올 수 있고, 그 거리로 인해 평정심을 찾을 수 있을 거예요.

나는 내 마음을 제어할 줄 아는 사람이다.

088

단단한 내면을 기르세요

인생은 거울과 같으니 비친 것을 밖에서 들여다보는 것보다
먼저 자신의 내면을 살펴야 한다.
윌리 페이머스 아모스 (Wally Famous Amos)

우리는 외면을 가꾸려고 많이 노력합니다. 외면이 달라질 때 오는 자신감은 분명 있을 것입니다. 하지만 내면이 단단하지 못하면 작은 일에도 쉽게 흔들리고 무너질 수 있습니다. 마음이 건강해지면 외부에서 어떤 공격이 와도 흔들리지 않습니다. 자신의 가치를 지키며 누가 뭐래도 풍부한 자신만의 인생을 살 수 있습니다. 단단한 내면을 기르는 일을 게을리하지 마세요.

1분 명상

나는 내면이 단단한 사람이다.

089

말보다 한 번의 행동

실천이 말보다 낫다.
벤저민 프랭클린 (Benjamin Franklin)

말을 장황하게 한다는 건 요점을 파악하지 못해서일 수도 있습니다. 그리고 많은 말을 할 때 말로만 그치는 경우도 많이 봅니다. 말을 내뱉는 것은 쉽지만 한 번의 행동이 어려운 것입니다. 지혜로운 사람은 말보다 행동이 앞섭니다. 행동을 하고 실천을 합니다. 한두 번의 실천이 모여 성공적인 인생을 만듭니다.

1분 명상 나는 말보다 실천이 앞서는 사람이다.

090

만족하는 삶

욕심의 반대는 욕심이 없음이 아닌,
잠시 내게 머무름에 대한 만족입니다.
달라이 라마 (Dalai Lama)

어떤 것에 욕심을 갖고 있다는 건 현재 자신이 가지고 있는 것에 만족이 없다는 말과도 같습니다. 지금 현재 자신에게 만족하는 사람은 욕심을 낼 일이 없습니다. 주어진 것에 감사하고, 사랑하며 살아갑니다. 가지고 있는 것에 감사하고, 사랑을 흘려보내다 보면 자신도 모르는 사이에 많은 것들이 더 풍성하게 채워지는 것을 경험할 것입니다. 욕심을 갖지 않더라도 말이죠.

내가 가진 것에 만족하며 사랑을 흘려보낸다.

봄,

오늘보다 더 나은
내일이 되도록

우리의 가장 빛나는 영광은
절대로 쓰러지지 않는 데 있는 게 아니라
쓰러질 때마다 다시 일어나는 데 있다.

_올리버 골드스미스

Part 02

91

함께하는 행복

혼자 가면 빨리 가지만,
함께 가면 멀리 간다.
아프리카 속담

인생이라는 여정에서 목표를 향해 혼자 고군 분투하면서 이뤄나갈 수도 있습니다. 하지만 그 걸음을 함께 걸을 누군가가 있다면 더 빨리, 멀리 갈 수 있습니다. 그리고 정상에 섰을 때 함께 하는 기쁨은 배가 됩니다. 그리고 누군가와 함께하는 관계 속에서 깊은 정서를 느끼며 행복을 경험하곤 합니다. 결국 우리는 함께하면서 나누고 성장하는 것입니다.

1분 명상

나는 함께하는 행복을 아는 사람이다.

092

좌절이 주는 교훈

좌절의 시간은 잊으라.
그러나 그것이 준 교훈은 절대 잊지 말라.
허버트 스펜서 개서 (Herbert Spencer Gasser)

인생을 살면서 시련이 찾아올 때가 있습니다. 그때 우리는 좌절을 느끼기도 하죠. 시련은 사람마다 각기 다른 모양으로 찾아와서 누군가에게는 아무것도 아닌 일이 다른 누군가에게는 큰일이 될 수도 있습니다. 그래서 함부로 재단할 수 없습니다. 시련을 겪었을 땐 그 시간에 느꼈던 좌절과 아픔은 빨리 잊는 것이 좋지만, 시련을 통해 배웠던 것은 잊지 마시기 바랍니다. 그로 인해 어떤 기회를 발견하게 될지 모르니까요.

시련을 성장의 기회로 활용한다.

093

창조하는 삶을 원한다면

창조란 집중을 방해하는
요소들을 포기하는 것에 불과하다.
E.B. 화이트 (Elwyn Brooks white)

창조는 새로운 것을 만드는 것입니다. 기존에 없던 것을 만드는 것이기에 창조를 어렵게 생각하지만 잘 생각해 보면 창조는 만드는 것이 아닌 없애는 작업이라고 말할 수도 있습니다. 많은 아이디어들이 있을 때 불필요한 것들을 제거해 나가다 보면 새로운 창조물이 나타나는 것입니다. 창조를 어렵게 생각하지 마세요. 집중을 방해하는 것들을 제거해 보세요. 본질이 보일 것입니다.

1분 명상 내 삶에 불필요한 것들을 포기하며 창조력을 높인다.

094

두려움을 떨쳐내기

가장 두려운 순간은
언제나 시작하기 바로 직전이다.
스티븐 킹 (Stephen King)

익숙하지 않을 때 우리는 두려움이라는 감정을 느낍니다. 그래서 어떤 경험하지 않았던 새로운 일을 시작할 때 두려움을 느끼는데요. 해 보지 않았기 때문에 두려운 감정이 드는 게 당연하다는 것을 인정하고, 받아들이고 시작을 한번 해 보세요. 일단 시작하고 한 걸음 한 걸음 내딛다 보면 두려움이 사라지는 것을 느낄 수 있을 거예요.

1분 명상

나는 언제나 시작이 쉬운 사람이다.

095

희망이 있는 삶

생명이 있는 한 희망이 있다. 실망을 친구로 삼을 것인가,
아니면 희망을 친구로 삼을 것인가.

J. 위트

살아가다 보면 원치 않는 상황과 사람으로 인해 상처를 받을 때가 있습니다. 그리고 자신도 모르는 사이에 그 상처가 깊어지면서 아무것도 할 수 없는 우울의 상태가 되기도 합니다. 그때는 인지하고 받아들이는 것이 중요합니다. 괜찮다고 자신을 다독이며 천천히 일어나도 됩니다. 중요한 건 마음 속에 있는 희망의 불씨를 꺼뜨리지 않는 일입니다. 희망의 불씨가 조금이라도 있다면 반드시 다시 일어설 수 있습니다.

나는 언제나 희망을 선택한다.

096

미래를 생각하며 사는 것

당신이 미래를 생각하지 않는다면
미래의 당신은 과거 속에 살게 될 것이다.
피터 엘리아드 (Peter Eliade)

나의 미래를 바꾸고 싶다면 현재에 해야 할 일들이 보입니다. 귀찮고 힘들지만 해야 하는 일들을 통해서 자신이 꿈꿔 왔던 미래가 펼쳐질 수 있습니다. 하지만 미래를 생각하지 않는다면 지금 현재를 바라보며 과거를 후회하거나, 추억하면서 살아갈 수도 있을 것입니다. 과거는 바꿀 수 없지만 미래는 바꿀 수 있습니다. 다가올 미래가 최고의 순간이 되게 하세요.

1분 명상 나는 매 순간 최고의 삶을 사는 사람이다.

097

말은 그 사람의 전부

쓰는 단어를 보면 그 사람아 살아온 배경과 성격,
심리 상태까지 알 수 있다.
제임스 W. 페니베이커 (James W. Pennebaker)

감정이나 상황, 사물 등을 표현할 때 우리는 단어를 조합해서 문장을 만듭니다. 감정을 나타낼 때 우리는 단어를 선택하여 표현할 수 있습니다. 또한 사물이나 상황도 여러 단어가 있는데 우리는 그중에서 자신에게 가장 친숙한 단어, 좋아하는 단어 등을 선택하게 됩니다. 그렇게 선택하는 말과 글을 통해 어떤 사람인지 드러나게 됩니다.

나는 말과 글이 고운 사람이다.

098

우정을 지속하는 힘

우정이라는 기계에 잘 정제된 예의라는
기름을 바르는 것은 현명하다.
콜레트 (Jakobine Camilla Collett)

나의 모든 것을 다 받아주고, 가까운 친구라고 해서 서운한 감정이 들 때 말을 직접적으로 내뱉어선 안 됩니다. 내가 편하게 생각하는 친구는 어쩌면 온전히 나에게 배려해 주고 있는 것일 수도 있거든요. 친한 친구일수록 내 입장이 아닌 상대방의 입장에서 한 번 더 생각하고 예의를 지켜서 말하시기 바래요. 정제된 예의, 그게 서로 뜨겁지도 차갑지도 않게 오래갈 수 있는 비결입니다.

친한 친구에게 더 예의를 갖춰 대한다.

099

내 감정은 내가 결정한다

난 다른 사람의 칭찬이나 비난에 개의치 않는다.
난 단지 내 감정에 충실할 뿐이다.
울프강 아마데우스 모차르트 (Wolfgang Amadeus Mozart)

다른 사람의 말이나 행동 때문에 기분이 상할 때가 있습니다. 의도가 있든 없든 뒤끝을 남기는 말로 인해 곱씹으면서 좋지 않은 감정이 들곤 하는데요.

감정의 통제권을 남에게 준 것은 아닌지 생각해 보세요. 감정의 통제권을 내가 가지고 있으면 그 어떤 말을 들어도 대수롭지 않게 넘길 수 있고 흔들리지 않습니다. 내 감정은 오직 나로 인해 느낄 수 있게 하세요.

1분 명상 난 나의 감정에 충실하다.

100

청춘을 유지하는 비결

진심으로 사랑하는 사람들은 결코 늙지 않는다.
나이가 들어서 죽을 수도 있지만, 청춘으로 죽는 것이다.
아서 윙 피네로 (Arthur Wing Pinero)

진심으로 사랑하는 것이 있으면 온종일 그것만 생각하게 됩니다. 다른 것에 대해 생각할 시간도 한탄할 시간도 없습니다. 사랑을 쏟기에 바쁘니까요. 사랑하는 대상이 있을 때 활짝 피는 경험을 합니다. 사랑하는 것들을 떠올리면 행복해지니까요. 나이 때문에 오는 두려움도 문제가 되지 않습니다. 최선을 다해 사랑하는 것, 그것이 청춘을 유지하는 비결입니다.

난 언제나 청춘이다.

101

부메랑 효과

네게서 나온 것은 네게로 돌아간다.
맹자 (孟子)

누군가를 향해 나쁜 말을 내뱉고 싶을 때가 있습니다. 부정적인 말을 내뱉었을 때 당장은 시원함을 느껴도 근본적인 해결책은 아닐 거예요. 말에는 생명이 있어 내가 뱉은 말이 어떻게 자신에게 부메랑이 되어 돌아올지 모르는 일이거든요. 마음에 가득한 것이 밖으로 나가는 것이기에 그 말을 내뱉었을 때는 이미 부정적인 마음으로 가득한 상태거든요. 마음에 어떤 것을 담고 있는지 생각해 볼까요. 어떻게 표현하고 있는지도요.

나는 좋은 말을 내뱉는다.

102

자신을 내어줄 수 있는 사람

우리 자신이 부모가 될 때까지
우리는 부모님의 사랑을 결코 알지 못합니다.
헨리 워드 비처 (Henry Ward Beecher)

가끔은 이해할 수 없지만, 인정할 수밖에 없는 것이 부모님의 사랑이 아닐까 해요. 부모의 마음에는 자식이 거의 전부를 차지한다고 해도 과언이 아닐 텐데요. 때로는 표현 방식에 있어서 오해를 불러 일으킬 때도 있지만, 가장 위급한 순간에 자식을 위해 모든 걸 내어주는 부모의 행동을 통해 확실한 사랑을 느낄 수 있습니다. 그리고 그 자리에 가 보지 않으면 100% 이해할 수 없는 것도 사실입니다.

1분 명상 나는 부모님의 은혜를 마음속에 새긴다.

103

괴로움이 들 땐

손에 든 찻잔이 뜨거우면 그냥 놓으면 됩니다.
그런데 사람들은 뜨겁다고 괴로워하면서도 잔을 놓지 않습니다.

법륜 스님

자신의 성향과 맞지 않거나 과분한 일이 주어질 때 괴로움이라는 감정을 동반합니다. 괴로움이 들 때 그 일을 넘어서야 뭐든 할 수 있을 것이라고 생각합니다. 하지만 괴로움을 감수하면서 꼭 그 일을 극복하지 않아도 된다는 것을 기억하세요. 자신이 가야 할 길이라면 즐겁게 넘을 수 있습니다. 괴로운 일은 내려놓아도 되는 일입니다. 자신을 너무 속박하지 마세요.

언제나 쉽고 즐겁게 일을 해 나간다.

104

사색이 주는 기쁨

사색을 포기하는 것은
정신적 파산 선고와 같은 것이다.
알베르트 슈바이처 (Albert Schweitzer)

성공한 사람들이 공통적으로 갖고 있었던 습관이 사색하는 습관이라고 하죠. 사색하는 시간은 아무것도 안 하는 시간, 그냥 버려지는 시간이 아닙니다. 세상의 모든 번민으로부터 한 발짝 벗어나 자신을 비우는 시간입니다. 비워야 채워집니다. 그 시간을 통해 아이디어와 기쁨, 즐거움 등의 풍요로운 마음이 채워지는 것을 경험할 수 있습니다. 일부러라도 사색하는 시간을 만드세요. 삶을 단단하게 만들어 줄 것입니다.

1분 명상 매일 사색하는 시간을 통해 정신적인 풍요를 경험한다.

105

스스로에게 진실하기

먼저 자기 자신에게 진실해야 한다.
자신이 진실하지 않고 남이 자신에게 진실하길 바라는가.
윌리엄 셰익스피어 (William Shakespeare)

진실한 마음이란 거짓이 없고, 순수한 상태를 말합니다. 조그마한 거짓은 더 큰 거짓을 낳고 결국은 신뢰를 무너뜨립니다. 대부분 남에 대해 진실해야 한다고 말하지만, 그 누구보다 자신에게 솔직하고 진실해야 합니다. 스스로에게 진실한 태도가 인생의 모든 방향 키를 쥐고 있다는 사실을 기억하세요.

1분 명상

나는 스스로에게 솔직하고 진실하다.

106

이성을 기르는 법

이성을 존중하지 않으면 안 된다.
이성은 당신의 모든 생활을 비춰주고, 무엇이 좋고 나쁜지를 가르쳐준다.
파스칼 (Pascal)

어떤 선택을 할 때 이성이 작용하는 힘이 클 거 같지만, 결정적인 순간엔 감정으로 판단할 때도 많습니다. 이렇게 감정으로 어떤 선택을 했을 때 만족하는 경우도 있지만, 후회할 때도 많을 텐데요. 합리적인 생각을 할 수 있게 하는 이성의 힘을 기르는 연습을 하세요. 매 순간 객관적인 시선을 유지하려고 노력하면서 이성과 감정에 조화를 이뤄 보시기 바랍니다.

나는 이성과 감정이 조화를 이루는 사람이다.

107

진실에 이르는 길

오류로 가는 길은 수없이 많다.
그러나 진실에 이르는 길은 단 하나이다.
장 자크 루소 (Jean-Jacques Rousseau)

순간의 이익을 위한 달콤한 유혹으로 자신이 지키고 있던 소신을 버릴 때가 있습니다. 아무도 뭐라 하지 않으니 달콤함에 빠져 축복이 가득한 삶이라고 외칠 수도 있습니다.

그러나 그런 축복은 오래가지 않습니다. 진실은 결국 드러나기 마련입니다. 진실에 이르는 길은 매 순간 솔직하고 정직하게 사는 것입니다. 인생을 승리로 이끄는 단 하나의 방법이라고도 할 수 있습니다.

1분 명상

솔직함과 정직한 태도를 항상 유지한다.

108

세상이 찾는 사람

세상이 찾는 사람이 되라.
그러면 세상이 그대에게 선물을 줄 것이다.
랠프 월도 에머슨 (Ralph Waldo Emerson)

물건을 살 때나, 일을 할 때 자신에게 어떤 이익을 가져다 줄지 먼저 생각하지 않나요. 이익을 가져다 주는 것엔 최선을 다하게 되고요. 시선을 달리해서 내가 그런 이익을 주는 사람이 되면 어떨까요. 더 많은 사람들이 나를 찾게 될 것입니다. 이익을 주는 사람이 결국 세상이 찾는 사람이 되는 것입니다.

나는 세상에 이익을 주는 사람이다.

109

스스로의 지배력을 갖는 것

이 지구상에는 아직도 큰 사업을 일으킬 여지가 있다.
내가 할 일은 일하고 공부하는 것이다.
내가 원하는 것은 스스로의 지배력이지 명예가 아니다.
요한 볼프강 폰 괴테 (Johann Wolfgang von Goethe)

무언가를 이루었거나 성취했을 때 다른 사람들에게 인정을 받으며 더불어 '명예'라는 것도 따라옵니다. 명예는 좋은 것이죠. 하지만 깊이 들어가면 결국 다른 사람들의 시선에서 평가되는 것입니다. 자신에게 시선을 맞추는 삶은 어떨까요. 오로지 내가 중심이 되어 스스로의 지배력을 가지고 어제보다 나은 삶을 위해 살기 위해 노력하는 것. 훨씬 가치 있는 일일지 모릅니다.

1분 명상

나는 스스로의 지배력이 강한 사람이다.

110

좋아서 하는 공부

교육의 목적은 기계를 만드는 것이 아니라
인간을 만드는 데 있다.
장 자크 루소 (Jean-Jacques Rousseau)

누군가 알려주는 지식을 외우는 것은 지식을 쌓는 것이지, 진정한 교육이라고는 할 수 없을 것입니다. 필요하면 지식을 쌓기도 하고, 경험을 통해서 더 넓어지고, 여러 고민을 통해 해결해 나가면서 다름을 인정하기도 하는 것. 세상 속에서 살게 하는 그 모든 것이 교육입니다. 스스로 좋아서 공부하게 하며, 진정성 있는 사람으로 더 성장하게 합니다.

나는 살아 있는 공부를 통해 진정성 있는 사람이 되어간다.

111

한 번에 하나씩 꿰는 힘

인생은 바느질과 같아서
한 바늘 한 바늘 꼼꼼하게 꿰매가야 한다.
샤를 오귀스탱 생트뵈브(Charles Augustin Sainte-Beuve)

천이 하나가 있습니다. 처음에는 용도를 알 수 없는 천이죠. 그때만 해도 그 천은 무궁무진한 가능성을 가지고 있습니다. 사용자가 그것을 가지고 자르고 바느질을 한 땀 한 땀 해 나갑니다. 그리고 멋진 옷이 탄생합니다. 우리의 인생도 이와 같지 않을까요. 처음엔 자신의 인생에 대한 용도를 모르더라도 관심 있는 일을 하나하나 해 나가다 보면 자신의 인생이 완성되어 있는 것입니다.

1분 명상

나는 오늘도 나를 만들어간다.

112

시계를 보지 않고 사는 인생

결코 시계를 보지 마라.
이것이 젊은이들에게 하고 싶은 나의 충고다.
토머스 에디슨 (Thomas Edison)

어떤 일을 할 때 자꾸만 시계를 볼 때가 있으시죠. 그건 바로 하는 일에 재미가 없어서 몰입을 못하거나, 마음이 초조해서일 거예요. 온전히 집중을 하고 있다면 어떻게 시간이 갔는지도 모르니까요. 시계를 보지 않는 몰입의 시간을 많이 만들어가다 보면 삶에 대한 만족도가 높아지고, 실력이라는 결과물은 반드시 따라오게 되어 있습니다. 그 비결은 바로 시계를 보지 않는 시간을 많이 만들어가는 겁니다.

나는 오늘도 시간 시간에 집중한다.

113

주변에 어떤 사람들이 있나요

희망으로 가득 찬 사람과 교류하라.
창조적이고 낙관적인 사람과 소통하라. 긍정적이고 능동적으로 행동하라.
그리고 그런 사람을 자신의 주변에 배치하라.
노먼 빈센트 필 (Norman Vincent Peale)

사람은 환경과 사람에 영향을 받습니다. 내 주변에 어떤 사람이 있느냐에 따라 성격과 사고방식이 바뀌는 것도 사실입니다. 긍정적인 사람이 있으면 긍정적으로 변하고, 부정적인 말을 많이 하는 사람과 있으면 그렇게 변하기도 합니다. 의식적으로 긍정적인 사람과 소통하려고 노력했으면 좋겠어요. 내가 그런 에너지를 주는 사람이 되어도 좋구요. 관계 속에서 좋은 영향을 주고 받다보면 삶의 행복지수도 높아질 거예요.

1분 명상

내 주변에는 긍정적이고 나를 지지해 주는 사람들이 있다.

114

나를 매일 새롭게 하기

매일 자신을 새롭게 하라.
마음이 새롭지 않고서는 어떤 것도 이룰 수 없다.
동양 명언

새 술은 새 부대에 담는다는 말이 있죠. 낡은 부대에 담으면 터져버려서 둘 다 못 쓰게 되기 때문입니다. 우리의 인생도 마찬가지입니다. 새로운 인생을 살려고 하면 이전에 가졌던 낡은 습관과 생각들은 버려야 합니다. 행동을 일으키는 근본적인 마음가짐도 새로워져야 할 것입니다. 그래서 매일 새로운 자신이 될 수 있게 노력해야 합니다. 그래야 새로운 사고방식으로 변화를 이뤄 낼 수 있으니까요.

나는 매일 새롭게 된다.

115

두려운 감정이 들 때

두려움에 맞서는 것, 그것이 용기다.
아무것도 두려워하지 않는 것, 그것은 어리석음이다.
토드 벨메르 (Todd Bellemare)

내가 어떻게 할 수 없다는 생각이 들 때 두려움을 느낍니다. 하지만 막상 하나하나 해 나가다 보면 아무것도 아니었구나 하는 깨달음이 올 때도 있습니다. 미리 겁먹지 않고, 할 수 있다는 자신에 대한 믿음이 용기를 갖게 합니다. 반대로 두려움이 없다고 자만하지 않아야 합니다. 섣부른 행동으로 어떤 일이 생길지 모르니까요. 적당한 두려움은 조심성을 갖게 하고 준비를 하게 합니다. 그리고 맞서서 이겨냈을 땐 큰 성장을 가져다 줍니다.

1분 명상 나는 두려운 감정을 뛰어 넘는다.

116

상상하고 시도하기

나는 현실 세계에는 없는 풍경을 계획하고 만들어 낸다.
에릭 요한슨 (Erik Johansson)

새로운 것을 만들려고 계속해서 시도하는 사람들에 의해 존재하지 않았던 새로운 것들이 계속해서 생겨납니다. 그런 시도들로 인해 삶이 더 풍요로워지고 윤택해지는 것도 사실입니다. 있는 것만 받아들이면서 사는 것에는 안정은 있어도 발전은 없습니다. 계속해서 상상하고 시도하다 보면 결국은 이루어지는 것입니다.

계속해서 상상하고 시도한다.

117

질투와 집착의 경계

질투심이 강한 사람의 사랑은 증오심으로 변하기 쉽다.
질투는 남보다 자기를 먼저 해치는 독소이다.
알렉상드르 뒤마 (Alexandre Dumas)

관심과 사랑이라는 이름으로 상대방의 모든 것을 알아야 한다는 사람이 있습니다. 하지만 사람의 성향은 모두 다르기에 그 모든 것을 충족시켜 줄 수는 없습니다. 상대방의 마음이 자신과 같지 않을 때는 화도 나고, 상처도 입기도 합니다. 남에게 관심과 사랑이 넘치다 보면 집착이 되고 질투심이 생기기도 합니다. 관심과 사랑을 자신에게 돌려보십시오. 자신에게 충실하다 보면 남을 보면서 느끼는 질투심이나 집착을 할 시간이 없어질 것입니다.

1분 명상

나에게 더 집중한다.

118

매일이 아름다워지는 비결

사랑을 함으로써 비로소 인생이 아름다워졌다.
그리고 자신이 살아있음을 알게 되었다.
카를 쾨르너 (Karl Korner)

가끔 뾰족하게 날이 선 자신의 마음을 볼 때가 있죠. 그때는 무엇보다 마음에 사랑이 사라졌는지 생각해 봐야 합니다. 누군가를 향한 사랑의 마음이 가득할 때 세상이 아름다워 보이지 않았나요. 아름다운 세상을 마주하려면 마음에 사랑을 가득 채우면 됩니다. 그리고 그 사랑을 누군가에게 전달하기만 하면 됩니다. 매일이 아름다워지는 비결이 아닐까요.

내 마음을 사랑으로 가득 채운다.

119

작은 일에 얽매이지 마세요

인생은 짧다. 작은 일에 얽매이지 마라.
벤저민 디즈레일리 (Benjamin Disraeli)

신발 속의 모래알이 있으면 계속 거슬리듯 작은 일로 인해서 마음을 어지럽히는 경우가 많습니다. 큰일에는 오히려 담대한데 작은 것에 우리는 많이 얽매이곤 합니다. 계속해서 마음을 단련해야 합니다. 티끌처럼 작은 일들로 인해 앞으로 나아가는 것을 방해받지 않아야 합니다. 그러기 위해선 과거에 집착하지 않고, 순리대로 흘러가리라는 믿음을 가지고 도움이 되지 않는 감정이라면 버리는 연습도 필요합니다.

나는 작은 일에 얽매이지 않는다.

120

현명한 삶

우리를 현명하게 만들어주는 두 가지 기본적인 것은
우리가 읽는 책들과 교류하는 사람들이다.
찰스 존슨 (Charles Johnson)

우리가 살아가는 데 있어 반드시 있어야 할 건 무엇일까요. 바로 누군가와 함께하는 삶입니다. 우리는 관계를 통해서 성장하고, 서로 영향을 받으면서 교훈을 얻기도 합니다. 가까운 사람이 삶에 대해 미치는 영향이 가장 클 것입니다. 삶이 현명해지기 위해서는 내가 교류하는 사람이 달라지면 됩니다. 우린 책을 통해서 저자와 만날 수 있고, 가까운 사람의 대화를 통해서 현명해질 수 있습니다. 당신 옆에 어떤 사람을 두시겠습니까.

1분 명상

나는 현명한 사람들과 교류한다.

121

최고의 자산

평생 배우기에 힘써야 한다. 정신에 담고 머리에 집어넣는 것,
그것이 우리가 가질 수 있는 최고의 자산이다.
브라이언 트레이시 (Brian Tracy)

자신이 가지고 있는 최고의 자산이 무엇이라고 생각하시나요. 물질적인 풍요, 건강한 몸과 마음 등 여러 가지가 있지만 그중에서도 평생 배우는 삶이 아닐까 합니다. 배우는 삶은 늘 생기가 있기 때문인데요. 끊임없이 배우면서 자신을 알아가고 마음을 갈고 닦다 보면 누군가와 비교하면서 시간을 낭비하지 않게 되고 분별력이 생겨요. 최고의 자신의 삶을 살면서 행복지수가 높아진답니다.

나는 언제나 배우기에 힘쓴다.

122

성공과 가치

단지 성공하는 사람이 아니라
가치 있는 사람이 되라.
알베르트 아인슈타인 (Alvert Einstein)

성공이란 무엇일까요. 물질적인 풍요로 여유를 누리면서 사는 생활이 될 수도 있습니다. 성공을 하는 것도 중요하지만 그 누구에게 가치 있는 삶이 된다는 것 또한 참 의미 있는 일입니다. 가치 있는 삶을 살고 또 누군가에게 그 가치를 전해 주려고 한다면 성공과 존경은 자연스럽게 따라올 것입니다.

1분 명상 나는 가치 있는 삶을 추구한다.

123

결국, 자신

행복한가? 그렇지 못한가?
결국 우리 자신에게 달려 있다.
아리스토텔레스 (Aristotles)

행복에 대한 기준이 수치화해서 행복한 삶을 스스로 강요하고 있지는 않은지 생각해 보아요. 행복이라는 단어를 정의하며 단어를 떠올릴 때는 행복한 삶을 살고 있지 않다는 반증일지도 몰라요. 이런 것들이 떠오르지 않을 때 그 상태를 온전히 누리고 있는 것일 수도 있어요. 외부적인 기준이 아닌 자신만의 행복의 기준으로 기쁜 삶을 살아요. 모든 건 결국, 나로부터 시작되는 것이니까요.

모든 건 나에게 달려 있다.

124

약점을 강점으로 만드는 방법

누구나 약점은 있다.
위대한 사람은 자신의 장점은 부각하고 약점은 줄이지만,
실패한 사람들은 종종 약점 때문에 인생을 망친다.
스티븐 제이 굴드 (Stephen Jay Gould)

누구나 약점이 있습니다. 약점이 있다는 건 극복해야 할 대상이 있다는 것이고, 모든 것은 극복이 가능합니다. 그러니 자신감을 잃지 마세요. 약점을 피해가려고 하는 노력을 통해 가진 강점을 부각시킬 수 있습니다. 자신의 강점을 알고 꾸준히 길을 가다 보면 어느 순간 독보적인 존재가 되어 있을 것입니다.

1분 명상

강점으로 만들 약점이 있음에 감사하다.

125

도전이 가져다주는 능력

멀쩡한 신체를 가지고도 꿈을 위해 도전할 줄 모르는 것이
바로 장애입니다. 어떤 어려움이 있더라도 한계를 극복하기 위해
도전하는 순간 당신은 이미 승리자입니다.
레나 마리아 (Lena Maria)

신체적인 어려움을 딛고 예술 활동을 하거나, 운동을 하면서 자신의 한계를 뛰어넘는 사람들을 봅니다. 그들이 특별해서 할 수 있는 것이 아니라 자신에 대한 믿음과 극복하려는 마음이 있기 때문입니다. 하고 싶지만 할 수 없다고 자신을 제한하지는 않았는지요. 극복하려는 마음, 자신을 믿는 믿음으로 자신이 가진 한계를 뛰어넘어 보세요. 할 수 있습니다.

매 순간 도전하고 이루어낸다.

126

말의 색깔

말도 아름다운 꽃처럼
그 색깔을 지니고 있다.
E. 리스

말은 눈에 보이지 않지만 힘이 있습니다. 말로 인해 화가 나기도 하고, 마음이 풀어지기도 하니까요. 눈에 보이지 않아도 말이 가지고 있는 색과 온도가 있습니다. 예쁜 색깔과 따뜻한 온도를 가지고 있는 말은 주변을 화사하고, 따뜻하게 변하게 합니다. 어떤 색을 가진 말의 온도를 주변에 전하시겠습니까.

1분 명상

예쁜 말, 따뜻한 말로 주위를 밝게 만든다.

127

비움의 미학

그릇은 비어 있어야만 무엇을 담을 수가 있다.
노자

뭔가가 채워져야만 안정감을 느끼는 우리는 계속해서 채우는 삶을 삽니다. 가득 채워져서 넘치는 삶을 살아도 공허한 마음이 들 때가 있습니다. 그럴 땐 채우려고 하지 말고 비우는 연습을 해 보세요. 채우는 것보다 비우는 것이 어렵다는 것을 알게 될 거예요. 하지만 비우는 삶을 살 때 인생이 더 단순해지면서 행복해지는 경험을 하게 될 거예요.

1분 명상 비우는 삶을 살며, 비움에서 오는 충만함을 경험한다.

128

사소한 일

사소한 일이 우리를 위로한다.
왜냐하면, 사소한 일이 우리를 괴롭히기 때문이다.
파스칼 (Pascal)

우리의 감정을 건드리는 일은 큰일이 아니라 사소한 일입니다. 사소한 행동, 다툼들로 인해 괴롭고 힘이 들기도 하지만 또 사소한 일 때문에 기쁘기도 하고 웃기도 합니다. 자신을 기분 좋게 하는 사소한 일에 귀를 기울여 보세요. 그리고 그 행동을 매일같이 해 나가 보세요. 그 사소한 기쁨이 크게 삶을 지배하게 될 거예요.

나는 사소한 일에 기쁨을 느낀다.

129

명상의 힘

명상은 마음을 열고, 어떤 것도 받아들일 수 있는 상태에서
자기 자신에 대해 인식하지 않는 경험이며
스트레스에 대한 면역성을 키우는 데 도움이 된다.
데이비드 크레스웰 (David Creswell)

바쁜 일상 속에서 우리의 고민은 끝도 없습니다. 일에서나 관계에서나 스트레스를 받기도 하고요. 마음이 지쳤을 땐 고요한 곳에서 숨을 쉬며 심호흡을 하는 것만으로도 위로를 받을 수 있습니다. 답답하고 힘이 들 땐 가만히 앉아서 내 마음에 온전히 집중하면서 천천히 숨을 쉬어 보세요. 명상이 가져다 주는 힘을 느낄 수 있을 거예요.

나는 하루 하루 명상으로 마음의 면역력을 기른다.

130

내면을 들여다보세요

가만히 앉아서 내면을 들여다보면
우리의 직관이 깨어나기 시작하고 세상을 좀 더 명료하게 바라보며
현재에 보다 충실하게 됩니다.
또 전보다 훨씬 더 많은 것을 보는 밝은 눈이 생겨납니다.
스티븐 잡스 (Steven Paul Jobs)

창의적인 아이디어가 떠오르지 않을 때 우리는 외부에서 찾으려고 합니다. 하지만 그 모든 능력은 내부에서 나온다는 것을 잊지 마세요. 가만히 앉아서 자신의 내면을 들여다 볼 때 세상을 보다 명료하게 볼 수 있고, 분명한 가치관을 가질 수 있습니다. 또한 생각지도 못한 아이디어를 마주할 수 있습니다.

1분 명상

나는 나와 대화하는 시간을 가진다.

131

놀이의 힘

나는 평생 하루도 일하지 않았다.
그것은 모두 재미있는 놀이였다.
토머스 에디슨 (Thomas Edison)

어린 시절을 떠올리면 친구들과 놀던 기억이 있을 것입니다. 놀이는 재미와 즐거움을 가져다주기에 시간이 빨리 간다는 느낌을 받는데요. 지금 하고 있는 일을 놀이처럼 접근해 보는 것이 어떨까요. 놀이처럼 가볍게 접근하며 집중하는 거예요. 생각지도 못했던 아이디어가 나올 수도 있답니다. 오늘도 그렇게 즐거운 하루를 만들어 갑시다.

오늘도 일을 놀이처럼 즐긴다.

132

지금이 가장 젊은 나이

노년은 청춘에 못지않은 좋은 기회다.
헨리 워즈워스 롱펠로 (Henry Wadsworth Longfellow)

지나온 시간들을 돌이켜 보며 청춘의 시절에 못다 한 것을 후회하고 있지는 않으신지요. 그때 그때 하고 싶었던 일들에 대해 과감히 도전하지 못하고 주저하는 건 나이에 대한 두려움 때문일지 몰라요.

지나온 세월을 돌아봤을 땐 지금이 가장 나이가 든 시기이지만, 앞으로 살아갈 날들을 생각한다면 지금이 가장 어리고 젊은 때라는 것을 잊지 마세요. 그리고 지금 생각난 그 일을 시작하기에 가장 좋은 시기라는 것도요.

1분 명상

생각하는 것은 지금 당장 실천에 옮긴다.

133

질문을 멈추지 않는 것

가장 중요한 것은 질문을 멈추지 않는 것이다.
호기심은 그 자체만으로도 존재 이유를 갖고 있다.
알베르트 아인슈타인 (Alvert Einstein)

질문이 있다는 것은 관심과 호기심이 있다는 것입니다. 끊임없이 질문을 하면서, 우리는 삶에 대한 답을 찾아 나갑니다. 단정 짓지 않고 열린 마음으로 삶을 대하기에 항상 생기가 넘칩니다. 어떤 일에 대해서나 고민에 대해서 답을 찾고 싶을 때 질문을 한번 해 보세요. 답이 보일 것입니다.

나는 언제나 질문하는 삶을 산다.

134

은퇴는 언제 할까요

은퇴란 멋진 것이다.
그것은 인생에서 완전한 자유를 갖게 되는 특별한 순간이다.
베르나르 올리비에 (Bernard Ollivier)

우리는 언제든 하던 일에서 은퇴하는 순간을 맞이할 것입니다. 자의적이든 타의적이든 말이죠. 은퇴에 정해진 나이는 없습니다. 어떤 사람은 젊은 시기에 은퇴를 하기도 하고, 어떤 사람은 노년의 나이에 은퇴하기도 하죠. 은퇴의 시기는 본인이 정합니다. 그리고 그 순간 최고의 순간을 맞이하시기 바랍니다.

1분 명상 내가 원하는 시기에 은퇴를 하고 완전한 자유를 누린다.

135

대가 없이 얻는 법

어떤 것도 대가 없이 얻어지는 것은 없다.
일한 만큼 노력한 만큼 받게 되어 있다.
나폴레온 힐 (Napoleon Hill)

어떤 것을 얻거나 어떤 일을 이루어 낼 때 대가 없이 받는다면 얼마나 좋을까요. 하지만 세상엔 대가 없이 이루어지는 건 없다는 것을 기억하세요. 대가 없이 얻는 게 있다고 해도 그건 쉽게 달아나 버리기 마련이거든요. 무엇이든 자신이 한만큼 이루고 자신이 한 노력은 언젠가 차곡차곡 쌓여 결실을 맺는다는 사실을 꼭 기억하세요.

나는 오늘도 차곡차곡 노력을 쌓아간다.

136

희망을 포기하지 말아요

재산보다는 희망을 욕심내자.
어떠한 일이 있어도 희망을 포기하지 말자.
미겔 데 세르반테스 (Miguel de Cervantes)

사람마다 가치를 두는 것이 다릅니다. 물질적인 소유에 가치를 두고 기쁨을 느끼는 사람이 있고, 정신적인 경험에 가치를 두고 기쁨을 느끼는 사람이 있는데요. 자신은 어떤 것에 더 가치를 느끼는지 생각해 보세요. 가치를 두었던 것들이 충만할 때도 있지만, 충만하지 않을 때도 있습니다. 그때 낙심을 하게 되는데요. 그때 분명 우리가 기억해야 할 것은 '희망'이라는 이름입니다. 희망이 있다면 어떤 것도 두렵지 않을 것입니다.

어떤 상황에서도 희망을 잃지 않는다.

137

사랑받는 사람이 되려면

사랑스러운 눈을 가지고 싶다면
사람들에게서 좋은 점을 보아라.
오드리 헵번 (Audrey Hepburn)

사랑이란 단어는 마음을 따뜻하게 합니다. 사랑을 하고, 받는 것 또한 우리 삶에서 활력이 되는데요. 누군가에게 사랑을 받고 싶다면 내가 받고 싶은 대로 상대방에게 사랑을 주면 어떨까요. 조건 없이 주는 사랑은 언젠가 자신에게 되돌아오게 되어 있으니까요. 어떤 사랑의 모형이든 원하는 대로 말이에요.

1분 명상

오늘도 1일 1사랑을 실천한다.

138

위대한 사람

일의 크고 작음에 상관없이
책임을 다하면 꼭 성공한다.
데일 카네기 (Dale Carnegie)

위대한 사람이란 크고 원대한 목표를 세우고 이루는 사람이 아닙니다. 위대한 사람은 아주 작은 일에 의미를 찾고 그 일에 최선을 다하는 사람입니다. 지금 내가 할 수 있는 작고, 단순한 일에 집중하고, 그 일을 통해 다른 누군가에게 영향을 미치는 삶. 지금하는 그 작은 것들이 쌓여 폭발적인 에너지를 내게 됩니다. 지금 자신의 일에 최선을 다하고 있는 당신이 가장 위대한 사람입니다.

나는 위대한 사람이다.

139

빛이 나는 사람

저렇게 작은 촛불이 어쩌면 이렇게 멀리까지 비쳐 올까!
험악한 세상에선 착한 행동도 꼭 저렇게 빛날 거야.
윌리엄 셰익스피어 (William Shakespeare)

누구나 빛이 나는 사람이 되길 원합니다. 자신을 빛나게 해 주는 것은 외적인 조건이 될 수도 있습니다. 하지만 외적인 조건들은 영원하지 않다는 특성이 있습니다. 영원한 빛은 외부에서 오는 것이 아닌 자신에게서 나오는 빛입니다. 그건 자신의 마음, 태도, 행동 등에서 나오는 빛입니다. 그 빛은 언제든 꺼지지 않습니다. 그리고 다른 사람의 인생을 밝혀 주고, 자신의 인생을 더욱 빛나게 합니다.

1분 명상

나는 내면에서 나오는 빛에 집중한다.
그렇게 빛이 나는 사람이다.

140

최고의 마케팅 전략

자신을 믿어라. 자신의 능력을 신뢰하라.
겸손하지만 합리적인 자신감 없이는 성공할 수도 행복할 수도 없다.
노먼 빈센트 필 (Norman Vincent Peale)

같은 기능을 하는 제품이라도 여러 가지 요소에 의해 사람의 선택을 받을 수도 있고, 받지 못할 수도 있습니다. 그래서 우리는 그 선택을 받기 위해 마케팅이라는 것도 합니다. 어떤 제품이든, 사람이든 가장 전략적인 마케팅 방법은 무엇일까요. 어떻게 보이는 것을 고민하는 것이 아닌 본질에서 나오는 '자신감'을 키우고 어필하는 것이 아닐까 합니다. 보다 본질적인 내면에 집중하는 하루가 되셨으면 좋겠습니다.

1분 명상 나는 나를 끊임없이 신뢰한다.

141

철저한 준비

나무 베는 데 한 시간이 주어진다면,
도끼를 가는 데 45분을 쓰겠다.
에이브러햄 링컨 (Abraham Lincoln)

어떤 일에서 예상치 못한 경우의 수가 일어날 때 대응하지 못하는 건 철저한 준비를 못했기 때문입니다. 일을 할 때 시간이 걸리더라도 제대로 준비하는 습관을 기른다면, 그 탄탄한 기본기로 다른 것들도 잘 해낼 수 있습니다. 기본이 충실히 다져졌을 때 진짜 필요한 한 방의 기회를 잡을 수 있는 것입니다.

어떤 일이든 철저하게 준비를 한다.

142

관찰의 힘

관찰이 전부다. 눈으로 볼 수 있는 것에서 시작해라.
그리고 눈으로 발견할 수 있는 것에서 배워라.
레오나르도 다 빈치 (Leonardo di ser Piero da Vinci)

어떤 기술을 익힐 때 자신의 힘으로 하려고 하면 시행착오를 겪고 시간도 많이 걸립니다. 하지만 누군가가 하는 것을 보고 배우면 좀 더 쉽게 배울 수 있습니다. 모든 배움은 관찰의 힘에서 나온다고 할 수 있습니다. 한 가지를 매일 관찰하다 보면 다른 점을 발견할 수 있습니다. 그 미세한 발견으로 성공에 이를 수 있는 것입니다.

1분 명상

나는 관찰하는 능력이 있다.

143

작은 욕심을 조심할 것

욕심이 있으면 참된 강함은 없는 것이다. 사람이란 욕심이 있게 되면
반드시 그 욕심에 끌려서 자기의 지조를 잃게 되기 때문이다.
근사록 (近思錄)

순수한 동기에서 시작한 일도 어느 순간 작은 욕심이 들어갈 때가 있습니다. 욕심이 한번 들어가게 되면 주변의 유혹을 뿌리치지 못하기도 하고, 주변의 신뢰를 잃을 수도 있습니다. 괜찮겠지 하는 마음으로 인해 자신이 쌓아 왔던 노력과 명성이 한순간에 무너질 수도 있습니다. 그러니 자신도 모르게 틈타는 작은 욕심을 조심하세요. 삶의 균열을 일으킬 수 있으니까요.

욕심에 내 마음을 빼앗기지 않는다.

144

기적의 치료제

사랑은 가장 훌륭한 기적의 치료제이다.
우리 자신을 사랑하는 것은 우리 삶에 기적을 일으킨다.
루이즈 L. 헤이 (Louise L. Hay)

삶에서 기적이라고 말할 수 있는 경험을 해 보신 적이 있나요? 우리는 기적을 거창하게 생각하지만 그렇지 않습니다. 마음에 간절함과 사랑을 담아 어떤 일을 소망하고 이루어질 때 기적이라고 합니다. 우리는 그런 기적을 매일매일 경험하고 있습니다. 오늘은 어떤 기적을 경험해 보시겠습니까.

1분 명상 나는 나 자신을 사랑하며 매일 기적을 만들어 낸다.

145

사물을 바라보는 방식

사물을 바라보는 방식을 바꾸면
사물도 변한다.
웨인 W. 다이어 (Wayne W. Dyer)

이미 지나간 과거는 아무런 힘이 없지만, 그 과거를 통해서 배울 점을 찾고 자신의 시선과 태도가 변화가 된다면 분명 미래는 바뀝니다. 결국 모든 것은 나의 시선과 태도에 따라 변하는 것입니다. 어떤 시선으로 세상을 보시겠습니까. 또 어떤 태도로 자신의 삶을 사시겠습니까. 그 모든 것의 변화는 자신으로부터 시작된다는 점 기억하세요.

좋은 시선으로 세상을 마주한다.

146

지금 바로 행동하게 하는 힘

우리를 침대 밖으로 나가게 하는 것은 기질이며, 행동하게 하는 것은 약속이고, 끝까지 완수하게 만드는 것은 훈련이다.

지그 지글러 (Zig Ziglar)

해야 할 일이 있는데 자꾸 미루게 되나요? 항상 지금 당장 행동하는 것을 기억하세요. 생각난 그 순간 미루지 않고 행동을 하면 그건 습관이 됩니다. 그리고 그 습관을 가지고 계속해서 훈련을 하다 보면 자신이 생각했던 그 목표 지점에 도달할 수 있습니다. 성공할 수 있습니다. 일단 자신이 간절이 원하는 것이 무엇인지 목표를 정해 보세요. 그리고 그것을 위해 즉시 바로 행동해 보세요.

나는 항상 바로 행동한다.

147

최고의 인생을 사는 법

최고의 능력은
당신의 인생과 당신에게 일어나는 모든 일에
완벽하게 책임질 때 발현된다.
브라이언 트레이시 (Brian Tracy)

자신의 인생을 책임질 수 있는 사람은 누구일까요. 사랑하는 사람이 떠오를 수도 있어요. 하지만 끝까지 자신의 인생을 책임지는 사람은 바로 자기 자신입니다. 자신에게 어떤 일들이 일어나고 있는지보다 인생을 살면서 어떤 마음으로 살아가느냐가 중요합니다. 자신이 알고 있는 자신에 대한 모든 것에 스스로 책임을 지며 가는 것이 중요합니다.

1분 명상

나는 나의 모든 감정과 행동에 책임을 진다.

148

목표한 것을 성취하기 원한다면

인간은 단 한 가지를 제외한 모든 것을 성취할 수 있다.
그 한 가지란 어떠한 환경에서도 자신의 태도를 선택하는
인간의 궁극적인 자유이다.
빅터 프랭클 (Viktor Emil Frankl)

자신이 목표한 일을 한 번 이뤄 낸 사람은 다른 어떤 것도 성취할 수 있습니다. 목표에 달성한 방법과 해냈다는 믿음이 이미 몸과 마음에 안착이 되어 자신감을 가지게 됩니다. 그리고 그 방법대로 다른 것도 이루어 나가게 됩니다. 성취할 수 있다는 믿음, 아주 작은 것이라도 성취하고자 하는 행동, 그리고 그 성취한 힘으로 모든 것들을 해 나갈 수 있습니다.

내가 원하는 모든 것을 성취할 수 있다.

149

뿌리를 내리는 시기

모든 꽃이 봄의 첫날 한꺼번에 피지는 않는다.
노먼 프랜시스 (Norman Francis)

열심히 하고는 있는데 결과가 나타나지 않을 때가 있습니다. 그럴 땐 계속해야 하나, 멈추고 다른 것을 해야 하나 갈등을 하기도 하죠. 지금 당장에는 눈에 보이지 않아도 지금 하고 있는 노력들이 쌓여 언젠가는 꽃이 환하게 필 날이 있다는 것을 잊지 마세요. 뿌리를 깊에 내리는 시간이라 생각하세요. 깊게 내린 뿌리는 비바람에 절대 흔들리지 않는다는 사실도 기억하세요.

1분 명상 나는 뿌리를 깊게 내려 흔들리지 않는다.

150

행복을 미루지 마세요

저녁 무렵 자연스럽게 가정을 생각하는 사람은
가정의 행복을 맛보고 인생의 햇볕을 쬐는 사람이다.
그는 그 빛으로 아름다운 꽃을 피운다.
카를 베히슈타인 (Carl Bechstein)

한 치의 실수도 없는 완벽한 때를 기다리다 보면 시작을 못 하는 경우가 많습니다. 하지만 어떤 시작이든 완벽하게 갖추고 하려고 하면 때는 늦습니다. 가정을 꾸리는 것도 그 안에서 매일의 행복을 느끼는 것도 그렇습니다. 사람을 만나는 것도, 행복을 느끼는 것도 더 이상 완벽할 때까지 유예하지 마세요. 지금의 햇빛을 느끼면서 매일 소소한 행복을 느껴 나가세요.

나는 매일 행복을 느끼며 사는 사람이다.

151

옆에 있으면 좋은 사람

행복이란 자신의 몸에 몇 방울 떨어뜨려 주면
다른 사람들이 기분 좋게 느낄 수 있는 향수와 같다.
랠프 월도 에머슨 (Ralph Waldo Emerson)

함께 있을 때 편안함을 느끼게 하고 기분 좋게 하는 사람이 있습니다. 그리고 그런 사람과 있으면 행복한 기분을 느끼게 합니다. 행복한 기분을 느끼게 하는 사람의 특징은 남을 배려하면서 불편한 일도 나서서 솔선수범 한다는 점입니다. 마음이 훈훈해지고 감사함과 행복함을 느끼게 하는 사람, 바로 자신이 될 수도 있습니다.

1분 명상

나는 다른 사람을 행복하게 하는 사람이다.

152

아름다운 사람

아름다운 것은 참답고, 참다운 것은 아름답다.
존 키츠 (John Keats)

누군가를 보고 아름답다는 표현을 할 때 외적인 아름다움만을 의미하지는 않습니다. 그 사람이 가지고 있는 고유한 매력을 볼 때 아름답다고 말할 수 있습니다. 그리고 그 매력은 진정성 있는 참다운 자신의 모습이 나올 때입니다. 거짓이 없고 꾸밈없는 자신의 모습을 드러낼 때 본연의 아름다움이 뿜어져 나온다는 사실을 기억하세요.

1분 명상

나는 진정 아름다운 사람이다.

153

진심에서 나오는 배려의 힘

마음을 자극하는 단 하나의 사랑의 명약,
그것은 진심에서 나오는 배려이다.
메난드로스 (Menandros)

사람의 마음에 감동이 될 때는 언제일까요. 누군가에게 원하는 선물을 받을 때 감동이 될 때도 있지만 그것 또한 나를 생각해 주는 그 사람의 마음 때문에 감동이 되는 것입니다. 누군가 나를 존중해 주고 배려해 주는 그 마음에서 우리는 감동을 느낍니다. 그리고 그 감동은 병들고 아픈 마음에 치료제가 되어 주기도 합니다.

1분 명상

나는 남을 존중하고 배려한다.

154

내가 나여서 충분한 이유

너는 너이기 때문에 특별하단다.
특별함에는 어떤 자격도 필요없으며, 너라는 이유만으로 충분하단다.
맥스 루케이도 (Max Lucado)

누군가에게 인정받고자 하는 욕구는 누구에게나 있습니다. 다른 사람들이 자신을 인정해 줄 때 자신이 특별하다고 느끼게 됩니다. 중요한 건 뭘 잘하고, 능력이 있어서가 아닌 나이기 때문에 특별하고 충분하다는 것입니다. 그 사실 하나만 깊이 새긴다면 매일 매일이 특별한 일상이 될 것입니다.

나는 나이기 때문에 특별하고, 충분한 사람이야.

155

좋은 본보기가 되기

아이들에게는 꾸지람보다는
좋은 본보기가 더 절실하게 필요하다.
J. 주베르 (Joseph Joubert)

자신의 큰 허물은 보이지 않아도 남의 작은 실수는 아주 잘 보일 때가 많습니다. 다른 게에게 똑바로 걸으라고 충고하면서 자신도 옆으로 걷고 있는 게처럼 정작 우리도 그러고 있지 않은지 항상 돌아봐야 할 것입니다. 내가 먼저 솔선수범이 되는 삶을 살 때 누군가는 그것을 본보기로 삼고 동기부여를 받을 것입니다. 먼저 좋은 본보기가 되어야 합니다. 아이들 또한 가르치는 대로 사는 것이 아닌, 보는 대로 살게 되니까요.

1분 명상

좋은 본보기가 되는 삶을 살아간다.

156

절망하지 마십시오

절망하지 마라.
종종 열쇠 꾸러미의 마지막 열쇠가 자물쇠를 연다.
필립 체스터필드 (Philip Chesterfield)

고민해서 선택한 길에 최선을 다하고 있다고 생각하는데 뚜렷한 성과가 나지 않을 때가 있으시죠. 주위를 둘러봤는데 다른 사람들은 큰 성과를 내는 것 같습니다. 자신보다 별로인 것 같은데 말이죠. 그때 절망이라는 감정이 찾아오지만, 그 감정에 지지 마십시오. 그냥 계속해서 나아가시기 바랍니다. 자신만의 길을 말이죠. 운이 좋아서 단번에 성과를 내는 사람도 있지만, 오랜 시간 동안 노력하다가 마지막에 가서 그 모든 것을 인정받고 보상받는 사람도 있으니까요. 중요한 건 끝까지 이루어 내겠다는 마음입니다.

끝까지 해서 원하는 걸 꼭 이룬다.

157

최선의 것을 주기

당신이 가지고 있는 최선의 것을 세상에 주라.
그러면 최선의 것이 돌아올 것이다.
M.A. 베레

대충 하는 것 같은데 항상 결과가 좋아보이는 사람들이 있습니다. 반면 최선을 다하며 애쓰는 데도 원하는 만큼의 결과를 얻지 못하는 사람들도 있죠. 하지만 겉으로 보이는 것이 다는 아님을 기억하세요. 사람들은 보이는 모습으로 판단을 하지만, 최선을 다하는 마음은 자기 자신만이 압니다. 자신의 마음에 집중하세요. 그리고 항상 최선의 것을 세상에 주기 위해 노력해 보세요. 최선을 다하는 삶에는 기쁨이 있고, 감사가 있습니다. 그 태도로 인해 결국 더 큰 것이 돌아올 것입니다.

어떤 일이든, 어떤 사람에게든 최선을 다한다.

158

행운을 얻고 싶다면

발견은 준비된 사람이 맞닥뜨린 우연이다.
알베르트 센트 디외르디 (Albert Szent-Gyorgyi)

사람들이 환호하는 것들은 아주 작은 아이디어에서 출발한 경우를 많이 봅니다. 유명인이 되거나, 갑자기 부자가 되거나 하는 사람들을 보고 운이 좋다고 말하죠. 하지만 운은 준비가 되었을 때 발견할 수 있는 것입니다. 평소 보이지 않는 데서 꾸준히 노력한 사람들이 얻는 결과인 것입니다. 아주 작은 아이디어를 가지고 일상 속에서 계속해서 반복하다 보면, 행운이라 할 수 있는 기회를 얻는 것입니다. 그런 행운의 기회를 맞이할 준비가 되셨나요.

1분 명상 나는 행운을 맞이할 준비가 되어 있는 사람이다.

159

진짜 인생의 맛

명예롭지 못한 성공은 양념하지 않은 요리와 같아서,
배고픔은 면하게 해 주지만 맛은 없다.
조 파테이노 (Joe Parteno)

성공을 꿈꾸고 달려가는 사람들을 많이 있습니다. 어떤 사람들은 성공을 하기 위해 정당하지 않은 방법을 쓰기도 하죠. 그렇게 얻은 성공은 잠깐은 반짝할 수 있어도 오래가지 못합니다. 결국 진실은 드러나기 마련이니까요. 성공에 목말라 인생의 귀중한 가치를 버리는 일은 없어야 할 것입니다. 진짜 인생의 맛은 누구에게 보여주기 위한 성공이 아닌 자신만의 가치를 찾을 때 더 맛있어지는 것이니까요.

나는 인생의 진정한 가치를 되새긴다.

160

틈새 시장 찾기

멈추지 말고 한 가지 목표에 매진하라.
그것이 성공의 비결이다.
안나 파블로바 (Anna Pavlovna)

자신이 하고 있는 일에서 최선을 다하고 계신가요. 최선은 다하는데 세상이 알아주지 않는 것 같은 기분이 들 때가 있나요. 내가 추구하는 일에서 성공하는 누군가를 볼 때 잠자고 있던 부정적인 감정이 올라오기도 합니다. 남들과 경쟁하려 하지 마세요. 틈새를 찾아 보세요. 좌절하지 말고 자신만의 유일무이한 브랜드를 만들어 보세요. 중요한 건 자신에 대한 믿음입니다. 그 믿음을 가지고 계속 정진한다면 분명 세상이 알아주는 날이 올 것입니다.

1분 명상

나만의 고유한 브랜드를 만들어 간다.

161

열린 마음을 유지하기

인생을 살아가며 나는 한 가지 분명한 사실을 알게 되었다.
그것은 열린 마음을 잃지 않는 것이 무엇보다 중요하다는 것이다.
열린 마음은 사람에게 가장 귀중한 재산이다.
마르틴 부버 (Martin Buber)

누군가에게 또는 어떤 일에 실망을 하게 될 때 우리의 마음은 닫히게 됩니다. 닫힌 마음에는 좋은 에너지가 흐르지 않습니다. 실망을 할 때 바로 마음을 닫지 말고 표현을 하고, 이해를 해 주며 기회를 주는 건 어떨까요. 좋은 에너지를 갖게 하고, 기회를 끌어당기는 열린 마음을 놓지 않은 것이 중요합니다. 내가 열린 마음을 가지고 있을 때 상대방도 나를 그렇게 대해 주며, 결국 그 마음은 성공과 부를 가져다 줄 테니까요.

나는 열린 마음을 가지고 있다.

162

가족이란

가족들이 서로 맺어져 하나가 되어 있다는 것이
정말 이 세상에서의 유일한 행복이다.
마리 퀴리 (Marie Curie)

다 안다고 생각하지만 서로 알지 못할 수도 있는 사람. 가장 가깝다고 생각하지만 먼 사이가 될 수도 있는 사람들이 가족이 아닐까 합니다. 하지만 결정적인 순간에 서로를 향해 움직이며 힘이 되어주는 것이 가족이 아닐까 싶습니다. 때로는 너무 가까워서 상처가 될 수도 있지만, 가족이 있기에 또 힘든 일이 있어도 함께 헤쳐 나가며 힘을 얻습니다.

1분 명상 가족이 있어 참 감사하다.

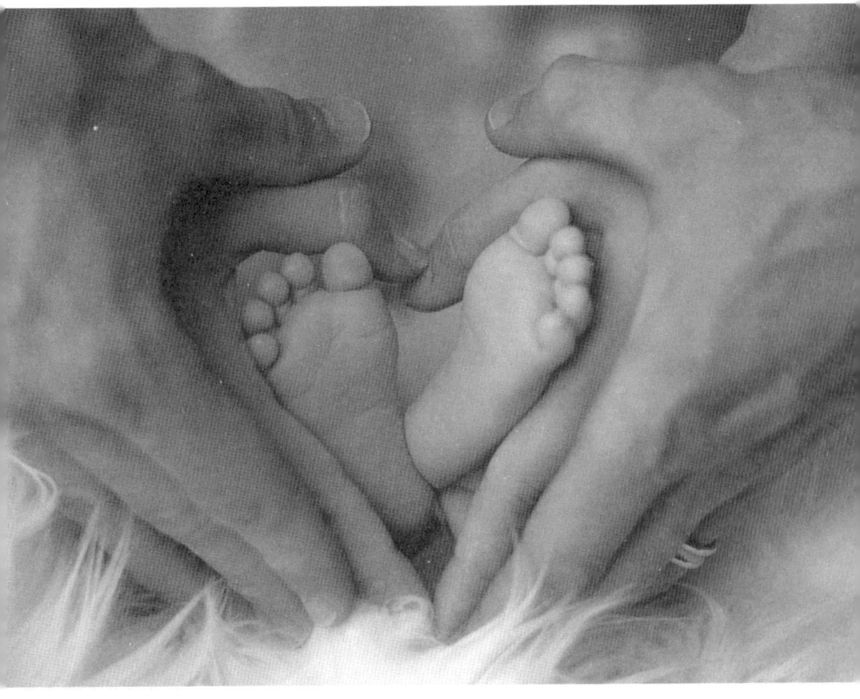

163

순간의 에너지

순간을 사랑하라.
그러면 그 순간의 에너지가 모든 경계를 넘어 퍼져나갈 것이다.
코리타 켄트 (Corita Kent)

지금 이 순간 하고 있는 일에 온전히 집중을 하고 있나요. 아니면 생각이 산만하지는 않나요. 순간에 집중하는 힘은 응집력을 갖게 됩니다. 그 힘으로 하는 것들은 에너지를 가지고 세상으로 퍼져 나가게 합니다. 지금 이 순간을 사랑하고, 하는 일에 집중을 한다면 모든 것들은 자연스럽게 풀릴 것입니다. 그리고 사랑과 행복의 에너지는 널리 퍼지게 될 것입니다.

1분 명상 나는 순간에 집중한다.

164

행복한 순간

언제나 현재에 집중할 수 있다면 행복할 것이다.
파울로 코엘료 (Paulo Coelho)

자신의 인생에서 가장 자랑스러웠던 순간, 행복한 순간이 있으셨나요. 과거에 이런 순간들이 있었기에 그 힘으로 앞으로 나아갈 수 있습니다. 그리고 지금을 더 잘 살게 합니다. 미래에 봤을 때 지금 이 순간이 추억할 수 있는 최고의 순간이 되게 말이죠. 지금 현재에 집중한다는 것은 그런 것입니다. 먼 훗날 돌아봤을 때 최고의 순간이 될 수 있는 지금 이 순간을 만들어 가세요. 매 순간이 행복한 시간이 되었으면 좋겠습니다.

매 순간 내 곁에 있는 행복을 누리며 산다.

165

꿈의 아름다움을 믿는 것

미래는 자신이 가진 꿈의
아름다움을 믿는 자의 것이다.
안나 엘리너 루스벨트 (Anna Eleanor Roosevelt)

꿈을 가지고 있고, 꿈을 향해 나아간다는 건 아름다움을 빚는 것과 같습니다. 간혹 현실주의자들이 말하는 꿈에 대한 비판으로 위축되지는 않으신가요. 누군가의 말에 위축된다는 건 자신의 꿈에 자신이 없어서일 수도 있습니다. 자신이 가진 꿈을 믿고 그 믿음으로 빚어 나간다면 미래는 당신의 것입니다.

1분 명상 나는 매력적이고, 나의 꿈은 아름답다.

166

칭찬과 충고에 대하여

충고는 비밀스럽게
칭찬은 공개적으로 하라.
푸블릴리우스 시루스 (Publilius Syrus)

말에는 진심이 있으며 힘이 작용합니다. 주변 사람들과 대화를 할 때 칭찬과 비난이 5:1 정도라면 계속해서 행복한 관계를 유지할 수 있다고 합니다. 칭찬은 누구에게나 기분을 좋게 하고, 춤을 추게 하기도 합니다. 사람들과 좋은 관계를 유지하기 위한 비결 5:1의 법칙을 기억하시기 바랍니다.

1분 명상 사람들의 좋은 면을 보며 칭찬을 한다.

167

관계를 유지하기 위해 조심해야 할 것

나무는 제 손으로 가지를 꺾지 않는다.
그러나 사람은 제 마음으로 가까운 이들을 베어 버린다.
레프 톨스토이 (Leo Tolstoy)

우리는 아무 상관도 없는 사람에게 상처받지 않습니다. 서로에 대해 가장 잘 알고 있는 친한 사람에게 상처를 받는데, 그건 바로 상대방에게 기대가 있어서일 겁니다. 기대가 없으면 실망하는 일도 없을 테니까요. 그리고 어느 순간에는 아주 사소한 일들로 관계가 깨지기도 합니다. 관계는 영원하지 않고, 깨지기 쉽기 때문에 항상 서로를 존중하면서 조심하며 유지해야 할 것입니다.

나는 주변 사람들을 언제나 존중한다.

168
기초를 탄탄하게

기초 없이 이룬 성취는 단계를 오르는 게 아니라,
성취 후 다시 바닥으로 오게 된다.
윤태호《미생》

특별한 노력 없이 자신이 원하는 것들을 성취해내는 사람들이 있습니다. 부러운 마음이 들 때도 있습니다. 하지만 기초가 탄탄하지 않은 성공은 금방 무너지고 말 것입니다. 단기간에 이루는 성공을 부러워 말고 기초를 튼튼하게 쌓아야 합니다. 어떤 비바람이 몰아쳐도 흔들리지 않는 뿌리를 세워야 합니다.

1분 명상 기초를 탄탄하게 세우며 하나씩 발전한다.

169

삶을 사랑하시나요

삶을 사랑하라.
그러면 삶도 당신을 사랑해 주리라.
아르투르 루빈스타인 (Arthur Rubinstein)

삶의 가치를 '사랑'에 두는 사람들은 누군가에게 항상 사랑을 갈구합니다. 사랑은 둘이서도 하는 거지만, 혼자서도 할 수 있습니다. 남에 대해 주파수가 맞춰 있던 시선을 자신에게 돌려 자신을 사랑하는 데 더 시간을 써 보는 게 어떨까요. 삶에 대한 새로운 시선이 생길 것입니다.

나는 나의 삶을 사랑한다.

170

추억을 많이 만들어요

옛날이 지금보다 나은 이유는 뭔가가 하나 더 있기 때문이다.
바로 '추억'이라는 것.
페터 빅셀 (Peter Bichsel)

지나온 시간과 경험들이 현재의 삶을 결정합니다. 그리고 지나왔던 모든 경험들은 추억이 됩니다. 그러니 지금 할까, 말까 하는 일이 있다면 고민하지 말고 그냥 경험하라고 말씀드리고 싶어요. 지금은 고민이고 고생일 수 있어도 지나고 나면 좋은 추억이 되니까요. 그 경험으로 이해 현재를 더 잘살 수 있는 힘이 되기도 합니다. 그리고 그로 인해 실수를 반복하지 않을 수 있습니다.

나는 추억이 많은 사람이다.

171

베풀 줄 아는 사람

베풀 줄 모르는 사람은 타인이 베풀어 주는
배려를 받을 자격이 없다.
영국 속담

함께하며 나누는 것보다는 개개인을 지키는 일이 더 중요해지고 있습니다. 그러기에 자신에게 더 집중을 할 수밖에 없는데요. 이런 상황 속에서도 주변을 돌아보며 베푸는 것을 쉬지 않았으면 좋겠어요. 베푼다는 것은 누군가에게 아낌없이 주고 행할 수 있다는 것인데요. 자신이 베푼 모든 것은 결국 선순환이 되어 자신에게 돌아온다는 사실을 잊지 마시길 바랍니다.

1분 명상

나는 남을 위해 베풀 줄 아는 사람이다.

172

서투르더라도 성실하게

교묘하게 속이는 것보다는
서툴더라도 성실한 것이 좋다.
한비자 (Han Fei Zi)

서행차선보다는 추월차선을 선호하지 않나요? 빨리 목적지에 도착할 수 있기 때문이죠. 하지만 가끔 추월차선으로 가는 방법이 정직하지 못할 때도 있습니다. 빠르게 도착해서 시간을 아끼는 것 같아도, 나중에는 결국 그로 인해 탈이 날 수도 있습니다. 차근차근 과정을 밟지 않으면 말이죠. 지금은 서툴더라도 성실하게 나아가면 결국 정상에 도착합니다. 그리고 오랫동안 단단하게 잘 갖춰 놓았기에 더 오래 갈 것입니다.

성실함으로 꾸준하게 나아간다.

173

행복을 오래 지속시키려면

오래가는 행복은
정직한 것에서만 발견할 수 있다.
리히텐베르크 (Lichtenberg)

행복한 순간을 느낄 때가 있습니다. 원하던 것을 이루었을 때나, 가지고 싶은 것을 손에 넣었을 때 그렇지 않나요. 행복이 오래 지속될 것 같지만 그리 그 감정이 지속되지 않는다는 것도 느낍니다. 행복한 감정을 오래 지속시키려면 정직하고 꾸준한 마음을 유지하세요. 그리고 지금 자신이 할 수 있는 것, 해야 하는 것에 집중하며 뚜벅뚜벅 앞으로 나가 보세요. 그리고 그 안에서 소소한 행복을 발견해 보세요. 어떤 시련이 와도 흔들리지 않을 거예요.

1분 명상

정직하고 꾸준한 마음으로 행복을 유지한다.

174

내가 할 수 있는 일을 하는 것

산을 움직이려 하는 이는
작은 돌을 들어내는 일로 시작한다.
공자 (孔子)

큰일을 하고 싶은데 도무지 어떻게 시작을 해야 할지 모르겠나요. 하고자 하는 것이 너무 거대해 보이나요. 내가 할 수 없는 것, 큰 것에 집중하지 말고 지금 당장 할 수 있는 작은 것을 한번 찾아보세요. 작은 일을 한다고 생각하지 않고 의미를 부여한다면 잡념은 없어지고 그 안에서 기쁨을 얻기도 합니다. 또한 그 작은 행동이 쌓여 나도 모르는 사이 거대한 산을 움직이는 큰일을 하고 있는 사람이 되어 있을 것입니다. 중요한 건 지금 내가 할 수 있는 일을 하는 것입니다.

내가 할 수 있는 일을 지금 당장 한다.

175

나에 대한 의무

건강을 유지하는 것은 자신에 대한 의무이며,
또한 사회에 대한 의무이다.
벤저민 프랭클린 (Benjamin Franklin)

몸이 아플 땐 무기력해지고, 기분이 좋지 않습니다. 기분이 좋지 않을 때 몸이 아픈 경우도 많이 봅니다. 몸과 마음은 연결되어 있어서 영향을 미칩니다. 이 두 가지가 건강할 때 우리는 활기차게 살 수 있고, 하고 싶은 것을 이룰 수 있습니다. 가장 중요한 기본이 되는 몸과 마음을 돌보는 일을 게을리하지 마세요. 건강을 지키는 것이 자신의 의무이자, 사회의 의무라는 것도 기억하시기 바랍니다.

1분 명상

나는 나에 대한 의무를 지킨다.

176

명확한 목적을 갖는 일

명확한 목적이 있는 사람은
가장 험난한 길에서 조차도 앞으로 나아가고,
아무런 목적이 없는 사람은
가장 순탄한 길에서조차도 앞으로 나아가지 못한다.
토머스 칼라일 (Thomas Carlyle)

목적이 있는 삶은 살아 있게 합니다. 매 순간 의미 있는 삶을 살며, 지루해 할 틈이 없습니다. 거기서 달려나갈 힘을 얻습합니다. 과정의 기쁨을 느끼다가 막상 목적지에 도달하면 간혹 허무해질 때도 있지만, 그럴 땐 또 다른 목표를 세우면 됩니다. 명확한 목적이 있는 삶과 없는 삶에는 큰 차이가 있습니다. 명확한 목표를 가지고 항상 활기가 넘치는 인생을 사시길 바랍니다.

1분 명상

명확한 목적을 갖는다.

177

누군가의 헌신

헌신은 억지로 하는 것이 아니라
감사함에서 흘러넘치는 것이다.
제임스 이넬 패커 (James Innel Packer)

많은 업적을 이루며 산 위인들을 보면 존경과 감탄의 마음이 듭니다. 그 업적들을 이루게 된 계기를 들여다보면 남을 생각하고, 세상을 생각하는 이타적인 마음에서 시작되었을 때가 많은데요. 그런 분들의 헌신으로 인해 우리가 지금 이렇게 편안하고 편리하게 살 수 있지는 않은지 생각해 봅시다. 그리고 감사한 마음을 가져 봅니다.

누군가의 헌신에 항상 감사한다.

178

불가능한 것은 없습니다

성공하기 전에는 항상 그것은
불가능한 것처럼 보이기 마련이다.
넬슨 만델라 (Nelson Rolihlahla Mandela)

원하는 일이 있는데 불가능하다고 생각되나요. 그래서 시도하기 망설이시나요. 해 보지 않으면 아무것도 모릅니다. 불가능할 것 같은 일이라도 가능하게 바꾸는 사람들이 있습니다. 그 둘의 차이는 바로 '마음'일 것입니다. 할 수 없다고 생각하면 할 수 없고, 할 수 있다고 생각하면 불가능해 보이는 것을 가능한 것으로 바꿀 수 있습니다. 성공하는 인생을 사시기 바랍니다.

1분 명상 불가능을 가능으로 바꾸는 힘은 내 안에 있다.

179

누군가를, 무언가를 사랑한다는 건

행복이란 자신에 국한되지 않은
다른 무언가를 사랑하는 데에서 싹트는 것이다.
윌리엄 조지 조던 (William George Jordan)

지금 사랑하는 대상이 있나요. 한번 떠올려 보세요. 사랑하는 누군가가, 무언가가 있다는 것은 큰 축복입니다. 바로 지금을 살아가는 삶의 이유가 되니까요. 그리고 무엇과도 바꿀 수 없는 큰 위로와 힘이 되기도 합니다. 사람을, 그리고 세상을 변화시키는 사랑의 힘에 대해 믿고 열심히 사랑하시는 하루가 되길 바랍니다.

사랑으로 세상을 바꾼다.

180

잡념을 없애요

현재 속에 존재한다는 것은 잡념을 없앤다는 뜻이다.
그것은 바로 지금 중요한 것에 관심을 쏟는다는 뜻이다.
스펜서 존슨 (Spencer Johnson)

다음이 있다고 생각하는 사람은 여유가 있습니다. 다음이 있으니 지금 굳이 안 해도 됩니다. 하지만 다음이 없다고 생각하면 지금 하는 모든 일에 간절해질 수밖에 없습니다. 지금 이 순간밖에 시간이 없으니까요. 그리고 그 간절함은 고도의 집중력을 발휘하게 합니다. 그렇게 우리는 현재 속에 존재하게 됩니다. 그렇게 잡념이 없어지고 만족하는 인생을 살게 됩니다.

1분 명상

나는 지금에 집중하며 온 마음을 쏟는다.

181

잃을 것이 없는 완전함

부부란 둘이 서로 반씩 되는 것이 아니라
하나로서 전체가 되는 것이다.
빈센트 반 고흐 (Vincent Willem van Gogh)

각자의 반이 모여 하나를 이룰 때는 포기하는 부분이 생기기 마련입니다. 하지만 하나의 완전한 모습으로 합쳐 하나가 되면 잃을 것이 없습니다. 그리고 온전한 하나가 될 수 있습니다. 진짜 사랑하는 사람들이 하나가 되는 과정은 이런 모습이 아닐까요. 그렇게 각각의 빛을 잃지 않고 더 반짝이는 하나가 되는 건 아닐까요. 누구나 그런 사람이 될 수 있고, 그런 사람을 만날 수 있습니다.

사랑하는 사람과 평생 한 몸이 되어 간다.

182

계산하지 않는 사랑

자녀에 대한 부모의 사랑의 깊이는 측정할 수 없다.
그것은 다른 어떠한 관계와도 같지 않다.
그것은 삶 자체에 대한 우려를 넘는다.
자녀에 대한 부모의 사랑은 지속적이고 비통함과 실망을 초월한다.
제임스 E. 파우스트 (James Esdras Faust)

나를 위해 모든 것을 내어줄 수 있는 사람이 있을까요. 그런 사람은 바로 부모가 아닐까 해요. 자신보다는 항상 자식을 생각하고, 자식을 위해서라면 물불 가리지 않는 그런 부모의 사랑, 계산하지 않는 부모의 사랑을 가슴 깊이 새기면서 감사하는 하루를 보내시길 바랍니다.

1분 명상

부모님께 항상 감사하는 마음을 갖는다.

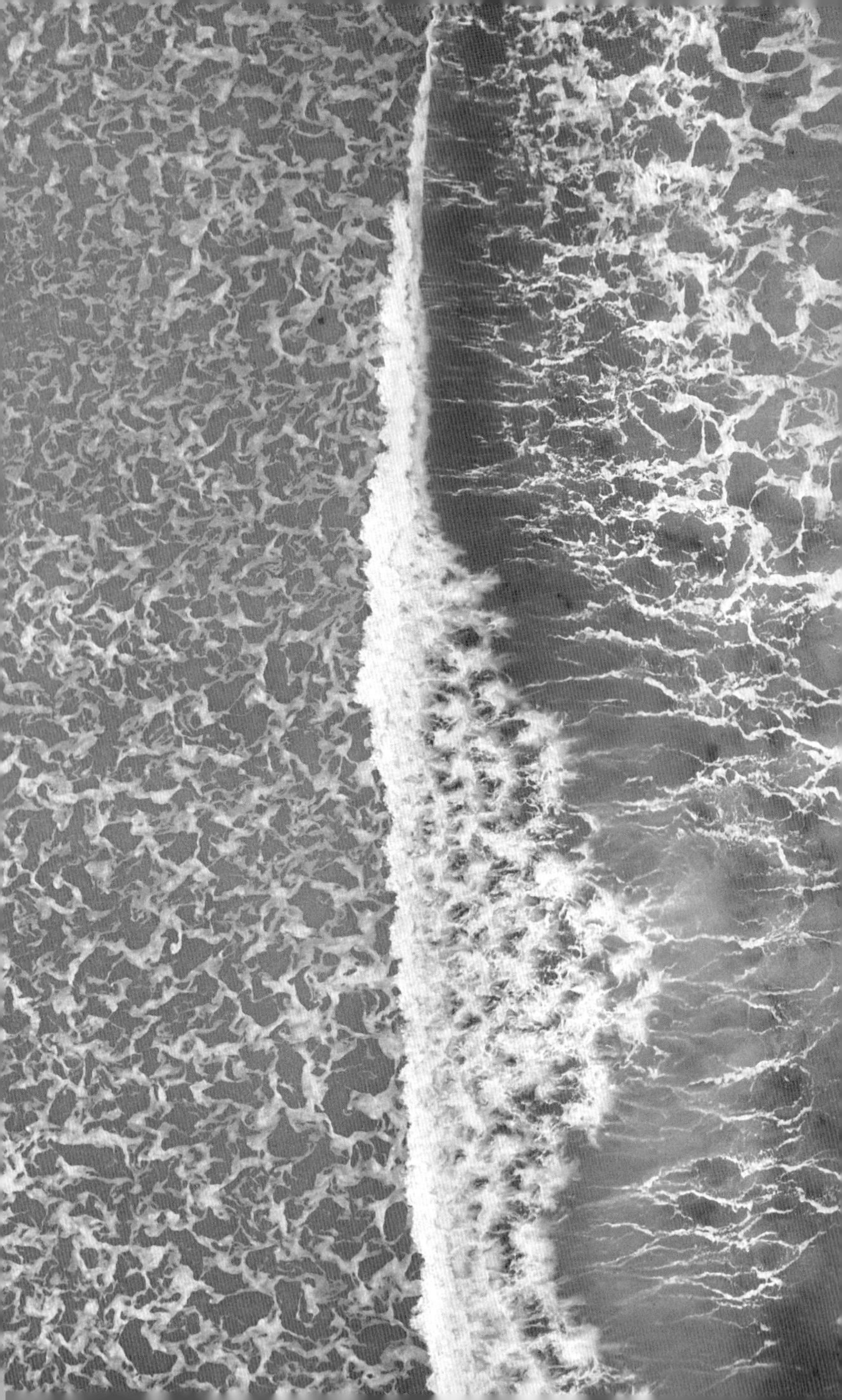

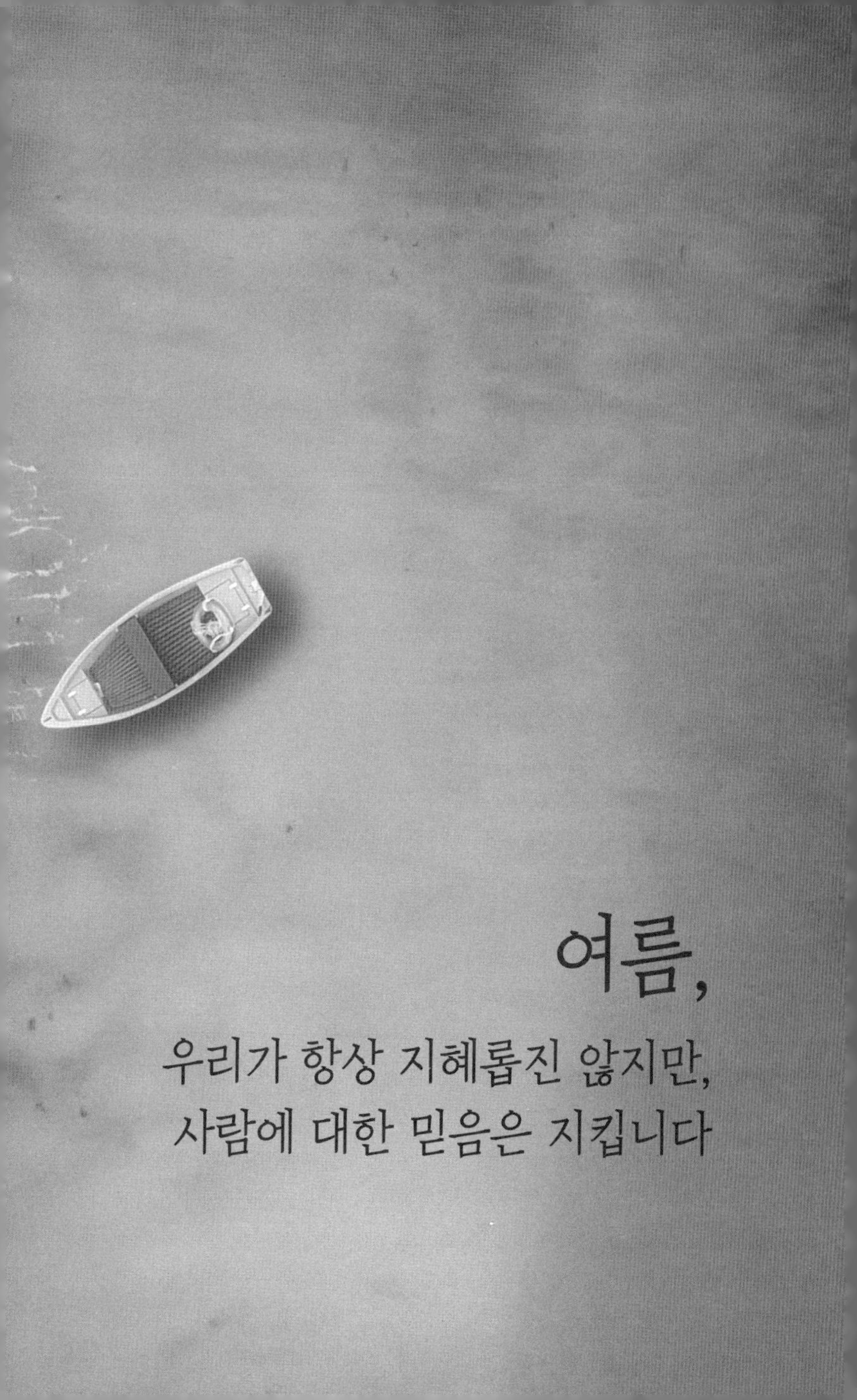

여름,

우리가 항상 지혜롭진 않지만,
사람에 대한 믿음은 지킵니다

나는 아테네 사람도 그리스 사람도 아니요,
세계의 시민이다.

_소크라테스

Part 03

183

진정한 보물

마음은 팔 수도 살 수도 없지만
줄 수 있는 보물이다.
귀스타브 플로베르 (Gustave Flaubert)

누군가의 '소중한 보물'을 선물로 받는다면 기분이 어떨까요. 기분이 좋아집니다. 누군가에게 내가 특별한 사람이라는 생각도 듭니다. 보물은 특별한 경험과 기억이 담겨 있는 것입니다. 그리고 마음이 담겨 있기 때문이죠. 나에게 내어 주는 마음에 기분이 좋아지는 것입니다. 우리는 이렇게 마음과 마음을 주고 받으면서 살아갑니다. 그런 자신만의 보물인 마음을 특별한 누군가에게 표현해 보는 건 어떨까요.

1분 명상 소중한 사람에게 마음을 표현한다.

184

대충 하지 마세요

어디서 무엇을 하건 간에 적당히 대충 하지 말라.
열 가지를 해야 한다면 스무 가지를 하라.
데니스 웨이틀리(Denis E. Waitley)

어떤 일을 맡았을 때 적당히 대충 하려는 마음은 버리세요. 해야 하는 일보다 더 많이 하려고 해 보세요. 당장에는 손해를 보는 것 같지만 결국 다 자신의 귀중한 자산이 될 것입니다. 그런 태도로 살다 보면 성장과 발전은 물론이고, 축복과 존경이 쏟아지는 날이 분명 있을 거예요.

어떤 일이든 적당히 하지 않는다.

185

어려울 때 더 많이 성장합니다

어려울 때 우리는 가장 많이
성장한다는 것을 기억하라.
조지 워싱턴 (George Washington)

인생을 살다 보면 크고 작은 어려움이 존재합니다. 그 어려움은 자신의 내면과 관련되어 있을 수 있고, 사회 현상에서 올 수도 있습니다. 어떤 어려움은 자신의 힘으로 극복할 수 있지만 어떤 것들은 보고만 있어야 하는 경우도 있습니다. 하지만 분명한 건 그 어떤 어려움이든 반드시 극복할 수 있고, 더 크고 위대하게 자신을 성장시킨다는 것입니다.

1분 명상 어려움은 반드시 극복할 수 있다.

186

책임을 질 준비

실천은 생각에서 나오는 것이 아니라
책임질 준비를 하는 데서 나온다.
디트리히 본회퍼 (Dietrich Bonhoeffer)

해야 할 일에 대해 생각은 많은데, 행동으로 연결되지 않을 때가 있습니다. 꼭 이루겠다는 간절한 마음, 그리고 이룰 수 있다는 확신이 없어서 그럴 수 있는데요. 무엇보다 자신의 생각을 실천하고 행동하겠다는 건 그 일에 대한 책임을 질 준비가 되어 있다는 뜻입니다. 확신이 없더라도 책임을 질 준비가 되어 있으면 어떻게든 행동하고 실천하게 되어 있습니다.

1분 명상

생각을 반드시 실천해서 현실화 시킨다.

187

화를 다스리는 법

화를 내면 주위의 사람들은 많은 상처를 입는다.
그러나 그것보다 더 큰 상처를 입는 사람은
바로 화를 내는 당사자이다.
레프 톨스토이 (Leo Tolstoy)

우리가 느낄 수 있는 여러 가지 감정 중에서 가장 큰 에너지를 사용하게 되는 감정은 무엇일까요. 바로 '화'가 날 때 느낄 수 있는 분노의 감정이 아닐까요. 화가 날 때 참지 못하고 그대로 분출한 적 있으신가요. 화를 내고 바로 후회의 감정 또한 느끼셨을 겁니다. 화가 날 때는 일단 심호흡을 깊게 하고, 몸을 움직여 보세요. 분노의 감정에 빠져 있지 말고, 생각을 돌려 다른 생각을 하는 것만으로도 화를 다스리는 데 도움이 될 것입니다.

나는 화를 다스릴 줄 아는 사람이다.

188

가족의 의미

가족이 지니는 의미는 그냥 단순한 사람이 아니라,
지켜봐 주는 누군가가 거기 있다는 사실을
상대방에게 알려 주는 것이다.
미치 앨봄 (Mitchell David Albom)

나를 믿어주는 단 한 사람만 있어도 나쁜 길로 빠지지 않습니다. 그리고 그 믿음으로 인해 배려 있고, 강인하며 더 넓은 사람으로 성장할 수 있습니다. 자신을 믿어주는 사람은 자신을 나아주신 부모님이 될 수도 있습니다. 그런 가족이 있어 힘이 됩니다. 가족이 있다는 건 참 큰 믿음을 갖게 합니다.

1분 명상

가족이 있다는 건 큰 축복이다.

189

참 고마운 사람

다른 사람을 대할 때, 그 사람의 몸도 내 몸같이 소중히 여겨라.
그리고 네가 다른 사람에게 바라는 일을
네가 먼저 그에게 베풀어라.
공자 (孔子)

어려운 일을 당한 사람을 보고 그냥 지나치지 않은 경험이 있으신 가요. 또는 내가 어려움을 당했을 때 생각지도 못한 고마운 손길을 경험하신 적은 있으신 가요. 누군가에게는 마음 깊이 간직되는 고마운 사람, 또한 떠올렸을 때 고마운 사람이 많이 생각났으면 하는 날입니다. 오늘도 그렇게 삶이 채워집니다.

나에겐 고마운 사람들이 참 많다.

190

용기 있는 사람

재산을 잃은 사람은 많이 잃은 것이고,
친구를 잃은 사람은 더 많이 잃은 것이며,
용기를 잃은 사람은 모든 것을 잃은 것이다.
세르반테스 (Miguel de Cervantes)

자신이 세상에서 가장 중요하다고 생각하는 일이 있나요. 그건 아마도 그동안 했던 경험과 상황에 따라 각자 다를 것입니다. 살아가면서 진짜 중요한 게 무엇일까 하는 '인생의 가치'에 대해 생각하는 시간이 되었으면 좋겠습니다. 그리고 무엇보다 자신의 삶에서나, 세상을 향해서나 자신의 한계나 상황에 대해 굴복하지 않고 용기를 내는 사람들이 많았으면 좋겠습니다.

나는 용기 있는 사람이다.

191

진정한 친구는

역경은 누가 진정한 친구인지 가르쳐준다.
로이스 맥마스터 부졸드 (Lois McMaster Bujold)

내가 어려운 상황에 처했을 때, 아무것도 없을 때 진정한 친구인지 아닌지 드러난다고 하죠. 진정한 친구는 내가 어려울 때도 끝까지 믿어주며, 나를 존중해 줍니다. 오해받는 일이 있더라도 끝까지 나에 대한 믿음을 잃지 않고 손을 내밀어 줍니다. 그런데 더 멋진 친구는 내가 잘됐을 때도 질투하지 않고, 마음 다해 진심으로 기뻐해 주는 친구입니다.

1분 명상

나에겐 진정한 친구가 있다.

192

선택에 있어 후회하지 않는 방법

인간은 스스로의 선택에 의해
자신의 모습을 만들어 간다.
사르트르

인생은 선택으로 이루어진다고 해도 과언이 아닐 텐데요. 선택의 기로에서 고민하던 때는 누구나 있을 것입니다. 선택을 하기 전에는 충분히 고민을 해도 됩니다. 하지만 선택을 했으면 그 선택이 현실이 되게 집중해서 만들어 가는 것이 후회하지 않는 삶을 사는 방법이 아닐까요. 스스로의 선택에 의해 원하는 인생을 살기를 바랍니다.

나는 스스로 선택하고 책임지는 삶을 산다.

193

해결 방법이 없어 보일 때

어떤 돌을 옮기려고 할 때 도저히 손을 쓸 수가 없다면
주변의 돌부터 움직여라.
루트비히 비트겐슈타인 (Ludwig Wittgenstein)

괜찮았던 것들이 불편해지는 순간이 있습니다. 사람이고 물건이고 간에 말이죠. 그리곤 점점 문제가 되죠. 문제가 생겼는데 해결 방법이 뚜렷이 생각이 나지 않을 때가 있어요. 그럴 땐 그 문제를 크게 보지 말고, 내가 할 수 있는 아주 작은 행동을 해 보는 거예요. 주변의 아주 작은 것들을 움직여 보는 거죠. 그러다 보면 해결 방법이 보이고, 자연스럽게 문제가 해결될 거예요.

1분 명상

어떤 문제든 해결할 수 있다.

194

신념으로 행동하는 힘

신념을 가진 사람 한 명의 힘은
관심만 가지고 있는 사람 아흔아홉 명의 힘과 같다.
존 스튜어트 밀 (John Stuart Mill)

신념을 가진 사람은 위기 앞에 굴복하지 않고, 자신이 생각한 대로 앞으로 나아갑니다. 신념은 내가 나를 믿는 힘이고, 누군가 나를 믿어 주는 힘이기도 합니다. 신념에 관심을 보이는 사람과 가지고 있는 사람의 차이는 '행동'에 달려 있습니다. 그리고 신념을 가진 한 사람의 행동으로 세상이 변하기도 합니다.

신념을 가지고 행동하는 삶을 산다.

195

사랑을 선택합니다

우리는 기회가 있을 때마다 사랑을 선택할 수 있다.
미소, 악수, 격려의 말, 친절한 인사, 도움의 손길….
이 모든 것이 사랑을 향해 내딛는 작은 발걸음이다.
헨리 나우웬 (Henri Jozef Machiel Nouwen)

어둠의 터널을 지날 때 앞으로 나아갈 수 있게 해 주는 건 불빛입니다. 인생에서도 어둠의 터널을 지날 때와 같은 힘든 시기를 겪을 때가 있습니다. 그때 불빛과도 같은 힘이 되어 주는 건 누군가 보내 주는 작은 사랑과 응원이 아닐까 합니다. 누군가 보내줬던 사랑의 말들로 일어서서 새로운 빛을 향해 나갈 수 있는 것입니다. 누군가에게는 그런 사랑이 내가 되어 줄 수 있습니다.

1분 명상

언제나 사랑을 선택한다.

196

세상을 다르게 보는 방법

사진을 찍을 때 한쪽 눈을 감는 것은
마음의 눈을 뜨기 위해서다.
앙리 카르티에 브레송 (Henri Cartier-Bresson)

사진을 찍을 때 우리는 한쪽 눈을 감습니다. 피사체를 더 정확하게 보기 위함인데요. 그건 내가 보려는 사물에 온전히 집중하고 마음으로 피사체를 보겠다는 의미와도 연결이 됩니다. 같은 풍경을 보더라도 언제, 어떤 상태에서 바라보았느냐에 따라 세상은 다르게 보입니다. 세상을 보는 우리의 마음이 언제나 평안과 기쁨으로 넘쳤으면 좋겠습니다.

나의 마음은 언제나 평안과 기쁨으로 넘친다.

197

진정한 사랑은

사랑의 첫 번째 계명은 먼저 희생할 수 있어야 한다.
자기희생은 사랑의 고귀한 표현이기 때문이다.
발타사르 그라시안 (Baltasar Gracián)

진정한 사랑은 자기의 모든 것을 내어 줄 수 있게 만듭니다. 사랑하는 사람을 위해 자신의 희생을 기꺼이 감수하는 것입니다. 자신의 생명도 아까워하지 않는 사람들의 희생으로 인하여 우리는 이렇게 발전을 이루고 편하게 살고 있는지 모릅니다. 오늘은 그분들을 위해 감사하는 마음을 가졌으면 좋겠습니다.

1분 명상 인류를 위해 희생한 분들에게 감사한다.

198
행복이란

행복은 입맞춤과 같다.
행복을 얻기 위해서는 누군가에게 행복을 주어야만 한다.
디어도어 루빈 (Theodore Issac Rubin)

행복한 삶을 살기 위해 애쓰는 사람들이 있습니다. 하지만 행복을 계속 생각하며 노력하는 것보다, '행복'이란 단어조차 생각을 하지 않을 때 행복을 경험하는지도 모릅니다. 행복은 그걸 얻기 위해 기를 쓰고 노력하는 것이 아닙니다. 어쩌면 행복은 누군가를 향해 주파수가 맞춰져 나눠 주고 싶은 마음이 가득할 때 자연스럽게 느끼게 되는 감정일지도 모릅니다.

1분 명상 누군가를 위해 행복을 주는 삶을 산다.

199

빛을 기다리는 마음

내 마음속 은은히 빛나는 모든 기쁨을 멈추라.
오! 그렇다 해도 희망의 불빛은 밝혀두라.
토마스 캠벨 (Thomas Campbell)

살다 보면 예상치 못한 상황으로 인하여 자신이 하던 좋아하는 것들을 그만둬야 할 때가 있습니다. 자의에 의해서가 아닌 타의에 의해서 하던 것들을 멈출 때 마음속에서 빛나던 기쁨도 사라져 가는 것을 느끼곤 하는데요. 아무리 절망의 상황이 오더라도 희망의 불빛이 반드시 밝혀 두시기 바랍니다. 결과가 아닌 과정이고, 그로 인해 더 좋은 펼쳐질지 모르니까요. 그렇게 어둠은 반드시 사라지니까요.

나는 내 마음의 불빛을 항상 밝혀둔다.

200

항상 겸손하기

인생은 겸손에 대한 오랜 수업이다.
제임스 매튜 배리 (James Matthew Barrie)

인생에서 좋은 일만 계속되면 얼마나 좋을까요. 하지만 좋은 일도 계속되지 않고, 좋지 않은 일도 계속되지 않습니다. 좋은 일에는 감사함을 가지고, 어려움이 왔을 때는 겸손함을 가지고 그 안에서 배울 것을 찾아야 합니다. 어떤 일이든 지나 보면 왜 그런 일들이 일어났는지 깨닫게 되는 날이 오게 마련이니까요.

1분 명상

좋은 일에 자만하지 않고, 좋지 않은 일에 주눅 들지 않는다.

201

매일 하는 실천

세상일은 시험 삼아 한 번 해 볼 수 있는 게 아니다.
단지 실천해야 할 뿐.
레이 브래드버리 (Ray Douglas Bradbury)

어떤 일을 시작하려고 할 때 우리는 먼저 계획을 세웁니다. 물론 계획을 세우지 않고 행동 먼저 하는 사람도 있습니다. 어떤 방법이 옳다고는 말할 수 없습니다. 자신의 방법대로 해 나가면 되지만, 한 가지 분명한 사실은 '실천'이 중요하다는 것입니다. 조금씩 조금씩 계속해서 실천을 하다 보면 비로소 완전한 모습이 될 수 있습니다.

오늘도 난 조금씩 실천하며 앞으로 나아간다.

202

최선의 방법 찾기

당신을 무너뜨리는 건 들고 가는 짐이 아니다.
짐을 들고 가는 방법이 문제다.
리나 혼 (Lena Horne)

자신의 목적지를 향해 갈 때, 방법은 여러 가지가 있습니다. 걸어서 갈 수도 있고, 오토바이를 타거나 차를 타고 갈 수도 있습니다. 어떤 방법으로 가느냐에 따라 걸리는 시간과 보이는 풍경, 그리고 느끼는 감정이 다를 것입니다. 목적지에 도착하는 것도 중요하지만, 그곳에 도착하는 과정이 즐거웠으면 좋겠습니다. 지치지 않게, 최대한 즐길 수 있는 방법을 선택해 보세요.

1분 명상 어떤 목적을 향해 가든 최선의 방법을 찾는다.

203

우선순위 만들기

대체 무엇 때문에 바쁜가?
반드시 이 질문을 던져야 한다.
헨리 데이비드 소로 (Henry David Thoreau)

바쁘다는 말을 입으로 항상 내뱉고 있지는 않은지요. 바쁘다는 말은 물리적인 시간이 없을 때 보다 해야 할 일을 순서대로 해내고 있지 못할 때 더 많이 말하게 되는 거 같습니다. 그럴 땐 잠시 숨을 고르고 진짜 중요한 일부터 우선순위를 정해 보세요. 그리곤 우선순위대로 집중하여 하나씩 해 나가 봅시다. 마음의 여유는 물론 성취감도 함께 느낄 수 있을 거예요.

나는 우선순위대로 일을 처리한다.

204

망각하지 말아야 할 것

인간이 가진 어리석음의 가장 원초적인 형태는,
자신이 성취하고자 노력하는 대상을 망각하는 것이다.
프리드리히 니체 (Friedrich Wilhelm Nietzsche)

누구나 처음에 가졌던 인생의 목표 지점이 있을 것입니다. 하지만 현실에 치이고, 사람에 치이면서 서서히 그 목표를 잊지는 않았나요. 인생의 가치관도 변하고요. 아무리 현실에 치인다고 해도 근본적으로 세워 놓았던 인생의 가치관과 목표는 끝까지 가져갔으면 좋겠습니다. 지친 상황에서도 다시 일어설 수 있는 힘이 되어 주니까요.

1분 명상 인생의 가치관과 목표를 잊지 않는다.

205

무엇을 해야 할지 모를 때

자신이 어떤 분야에 관심을 쏟는지가
그 사람의 정체성을 대변한다.
호세 오르테가 이 가세트 (José Ortega y Gasset)

자신이 무엇을 좋아하는지, 무엇을 해야 하는지 모를 때는 자신이 어떤 일에 대부분의 시간을 쓰고 있는지 한번 체크해 보세요. 자신이 대부분 썼던 그 시간은 허투루 쓴 시간이 아니란 걸 알게 될 거예요. 경험한 시간이 쌓여 자신의 관심 분야를 발견할 수 있을 거예요. 그리고 그 일이 바로 자신의 정체성을 만들어 줄 거예요.

내가 경험한 일들로 나의 정체성을 만들어 간다.

206

나를 지지해 주는 한 사람의 힘

한 사람의 창작자가 인정받기 위해서는
열렬한 지지자 한 명만 있으면 된다.
만 레이 (Man Ray)

우리가 살아가는 데 힘을 얻기 위해서 많은 사람이 필요하지 않습니다. 지지해 주는 한 사람만 있으면 됩니다. 그 한 사람으로 인해 나쁜 길로 빠지지 않고, 어려움을 이겨낼 수 있습니다. 한 사람의 지지와 응원으로 인생이 더욱 의미 있어 집니다. 그리고 그로 인해 결국엔 모두에게 인정받는 순간이 올 것입니다.

1분 명상

나를 지지해 주는 한 사람이 있다.

207

느긋하게 기다리기

느긋하게 답을 기다리는 법을 체득한다면
우리 마음은 어떤 질문에도 답할 수 있을 것이다.
윌리엄 S. 버로스 (William Seward Burroughs)

예상치 못했던 문제가 생겼을 때 초조한 마음이 듭니다. 어떻게든 빨리 답을 내서 해결해야 할 것만 같습니다. 하지만 그럴수록 느긋함을 유지하십시오. 일부러라도 말이죠. 조급한 마음으로 일을 그르치게 되는 경우도 있습니다. 기다리다 보면 자연스럽게 해결되는 경우도 많아요. 중요한 건 느긋하게 기다리면서 내 마음을 안정시키는 것입니다.

느긋한 마음으로 일을 해결해 나간다.

208

완벽하지 않아도 됩니다

모든 일에 완벽을 목표로 삼는 예술가는
무엇도 제대로 해내지 못한다.
외젠 들라크루아 (Eugène Delacroix)

완벽한 목표, 계획이 있습니다. 완벽하게 준비가 되었을 때 시작을 하려고 하면 시작을 못 할 수도 있습니다. 자꾸 허점이 보이기 때문이죠. 해야겠다는 목표가 생겼을 때 준비가 되지 않았다 하더라도 당장 시작해 보는 건 어떨까요. 과정 중에서 성취감을 얻고, 해 나가면서 부족했던 부분들이 완전해질 수 있으니까요.

1분 명상 바로 실행을 하며, 과정을 즐긴다.

209

내가 가진 것에 집중하기

창의성은 재능이 아니라,
재능을 운영하는 방식이다.
존 클리즈 (John Marwood Cleese)

기존에 없었던 새로운 아이디어를 내고 싶은데 어떻게 해야 할지 모르겠다고요? 창의적인 누군가를 보며 자신은 재능이 없다고 비교한 적은 없으신가요. 창의성이 없다고 탓하지 마세요. 창의성은 재능으로 주어지는 것이 아닙니다. 자신이 가지고 있는 것에 집중하고, 문제의식을 가지고 조합하다 보면 나오게 되는 것입니다. 먼저 자신이 가진 것에 집중해 보세요.

1분 명상 나는 창의적인 사람이다.

210

당연한 것은 없다

성공한 사람들과 대단히 성공한 사람들의 차이점은,
대단히 성공한 사람들은 거의 모든 일에
'아니오'라고 답한다는 것이다.
워렌 버핏 (Warren Edward Buffett)

모든 일에 "네"를 말하는 사람은 주위에서 일어나는 일들을 당연하게 받아들입니다. 세상을 바꿀 혁신적인 아이디어는 "왜?"라고 다시 물어보는 질문과 "아니오"라고 생각하는 데서 나올 수도 있습니다. 세상에 당연한 것들이란 없습니다. 계속 의문을 갖고, 반대로 생각하다 보면 세상을 바꿀 만한 아이디어를 만날 수 있을 것입니다.

세상의 어떤 일도 당연하게 받아들이지 않는다.

211

사랑을 베풀어요

사랑은 홀로 설 수 없다. 스스로 사랑을 채우고 이를 베푸는 것,
그때 사람이 사람답고 세상은 아름답다.

발타자르 그라시안 (Baltasar Gracián)

마음 가득 사랑이 충만할 때, 마음이 여유로워지고 누군가에게 사랑을 베풀고 싶어짐을 느낍니다. 사랑을 줄 대상이 있다는 것만으로도 큰 축복입니다. 조건없는 사랑은 누군가에게 도움이 되고, 언젠가 베풀었던 사랑은 자신에게 돌아오게 됩니다. 이렇게 선순환되면서 아름다운 세상이 되어가는 것입니다.

1분 명상

사랑의 마음을 가득 채우고 베푼다.

212

때로는 그냥 놓아도 됩니다

당신은 어떤 일이든 할 수 있지만,
모든 걸 다 할 수는 없다.
데이비드 앨런 (David Allen)

모든 걸 다 하려고 붙잡고 있다가 지쳤던 경험이 있나요. 다 할 수 있을 것 같았지만, 시간이 지나면서 마음에 부담만 되고 힘들었던 경험이요. 누군가는 그걸 다 해내야 한다고 할 수도 있지만, 지금은 이렇게 말해 주고 싶어요. 때로는 그냥 놓아도 된다고 말이죠. 일보다 소중한 건 자신의 마음을 지키는 일입니다. 모든 걸 다 할 수 없는 자신을 인정하고, 가장 중요한 가치만 붙들고 살았으면 좋겠습니다.

욕심내지 않고 내가 할 수 있는 일만 한다.

213

다툼은 피하세요

싸움을 자제하는 것이 싸움에서 빠져나오기보다 쉽다.
세네카 (Lucius Annaeus Seneca)

싸움은 절대 큰 것에서 발생하지 않습니다. 작은 것들이 쌓이고, 쌓이다가 마침내 싸움이 되는 것입니다. 자존심이 건드려졌을 때, 순간의 화를 참지 못하고 큰 싸움이 되는 경우도 봅니다. 그럴 땐 숨을 한번 고르고, 생각을 다른 곳으로 전환해 보세요. 싸움은 빠져나오는 것보다 애초부터 만들지 않는 것이 좋은 것이니까요.

1분 명상

되도록 싸움을 하지 않는다.

214

행운을 끌어당기는 습관

부정적인 생각을 긍정적인 생각으로 바꾼다면
긍정적인 결과가 나오기 시작할 것이다.
윌리 넬슨 (Willie Nelson)

행운이 많이 찾아오는 것 같은 사람들의 특징은 힘든 상황이 와도 그 상황에 빠져 탓하지 않는다는 것입니다. 어려운 상황에서도 좋은 점을 보려고 합니다. 그리고 무엇보다 평소에 긍정적인 언어를 사용합니다. 긍정적인 생각과 언어의 습관이 결국 행운을 끌어당기게 되는 것입니다.

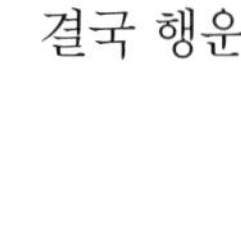

긍정적인 언어로 행운을 끌어당긴다.

215

말을 할 때 생각해야 할 것

말을 할 때는 자신이 이미 알고 있는 것만 말하고
들을 때는 다른 사람이 알고 있는 것을 배우도록 하라.
루이스 맨스

말을 많이 하다 보면 생각지도 않게 실수할 때가 있습니다. 하지 말아야 될 말을 하고 돌아서서 후회하기도 합니다. 말을 좀 아끼며 신중히 해야 할 것입니다. 상대방의 이야기를 많이 들으려고 노력하다 보면 말을 많이 해서 후회하는 실수를 줄일 수 있을 것입니다. 신중하게 말하고, 잘 들어주다 보면 사람들이 좋아하는 사람이 됩니다.

상대방의 이야기를 잘 듣는 사람이 된다.

216

그냥 하면 됩니다

영감은 아마추어에게나 필요한 것,
나머지 우리들은 그저 일터에 나가 일할 뿐이다.
척 클로즈 (Charles Thomas Close)

해야 하는 일이 있을 때 계획하며 준비를 합니다. 그런데 준비를 하면 할수록 더 완벽한 방법이 있을 것 같아 행동하기가 두려워집니다. 완벽한 방법, 때란 없다는 것을 기억하세요. 지금 당장엔 별거 아닌 것들을 꾸준히 행동했을 때 완벽히 이루어지는 것입니다.

1분 명상

매일 꾸준히 행동하는 습관을 기른다.

217

사람의 마음을 얻으려면

인간의 지혜는 단 두 단어
'기다림'과 '희망'으로 집약된다.
알렉상드르 뒤마 (Alexandre Dumas)

힘과 권력에 의한 압력이 잠시 잠깐의 변화는 가져다줄 수 있습니다. 하지만 진정으로 사람의 마음을 얻을 수는 없습니다. 사람의 마음을 얻기 위해서는 기다림이 필요합니다. 오랜 시간 따뜻한 마음으로 품고 사랑으로 기다려 줄 때 상대방의 진정한 마음을 얻을 수 있습니다. 지혜로운 사람은 절대 힘으로 마음을 사지 않는다는 것을 기억하세요.

따뜻한 마음으로 품고, 사랑으로 기다려 주는 사람이 된다.

218

초심을 잃지 마세요

힘들었던 과거와 뒤에서 이뤄지는 노력은
겉으로 드러나지 않습니다.
지금도 인내하고 또 인내하며 살고 있고
화려함과는 거리가 멉니다.

손흥민

쉽게 성공을 이루는 사람도 있지만, 힘든 시간을 견디고 견디다가 이루는 사람도 있습니다. 힘들었던 과거에 대한 노력은 드러나지 않습니다. 하지만 성공의 결과가 모든 것을 말해 주며 보상을 해 주는 것입니다. 성공 앞에서 우리가 잃지 말아야 할 것이 있다면 바로 처음 가졌던 마음가짐, 바로 '초심'일 것입니다. 누구보다 반짝반짝했던 눈빛과 진정성 있던 그 마음을 항상 간직하시길 바랍니다.

1분 명상

항상 초심을 잃지 않는다.

219

작은 재능 발견하기

많은 사람이 재능의 부족보다
결심의 부족으로 실패한다.
빌리 선데이 (William Ashley Sunday)

재능을 가지고 있다고 하면 남들에게는 없는 특별한 것이라는 생각이 있습니다. 하지만 재능은 아주 작은 것이 될 수도 있습니다. 남이 보기에 잘하는 것이 아닌, 자기 자신을 기쁘게 하는 일이 될 수도 있습니다. 그 일이 누군가에게 작은 도움이 된다면 그것도 재능입니다. 자신의 재능을 발견하는 기쁨을 누려보세요. 누구에게나 재능은 있으니까요.

나는 재능을 가지고, 잘 활용할 줄 안다.

220

먼저 말 한마디 건네기

당신의 적에게 늘 화해의 문을 열어 놓아라.
발타자르 그라시안 (Baltasar Gracián)

아주 친한 사람, 가까운 사람과 말다툼을 하게 되는 경우가 있습니다. 말다툼 후에 화가 났다고 말을 하지 않으면 걷잡을 수 없는 관계가 될 수도 있습니다. 누군가와 싸웠을 때 하루를 넘기지 말고, 먼저 한마디를 건넨다는 생각을 해 보면 어떨까요. 그 누구도 아닌 자신을 위해서요. 이게 바로 자신을 이기며 사는 방법이기도 합니다.

1분 명상

항상 상대방에게 먼저 말을 건넨다.

221

희망이 보이지 않는 상황에서 도전하기

세상의 중요한 업적 중 대부분은, 희망이 보이지 않는 상황에서도
끊임없이 도전한 사람들이 이룬 것이다.
데일 카네기 (Dale Breckenridge Carnegie)

예측할 수 있는 상태에서 노력하기는 쉽습니다. 지금의 노력으로 인한 결과가 눈앞에 그려지기 때문입니다. 하지만 앞이 보이지 않는, 결과를 예측할 수 없는 상태에서의 노력은 생각보다 쉽지 않습니다. 그럼에도 불구하고 포기하지 말고 끝까지 해 보세요. 희망이 없는 상태에서도 끊임없이 도전해서 이룬 사람들이 그 결과를 증명해 주고 있으니까요.

어떤 상황에서든 포기하지 않고 끝까지 해 나간다.

222

배움을 내 것으로 만드는 확실한 방법

가르치는 것은 두 번 배우는 것이 된다.
조제프 주베르 (Joseph Jouber)

무언가를 배울 때 완전하게 자기 것으로 만드는 방법은 가르치는 입장이 되어 보는 것입니다. 완벽히 이해하고 숙지하지 않으면 절대 누군가에게 가르칠 수 없기 때문입니다. 배우는 입장과 가르치는 입장, 두 입장의 차이는 분명 존재합니다. 인생을 살면서 이렇게 두 입장의 경우를 모두 생각해 보는 것은 두 번 배우는 것과도 같습니다.

1분 명상 배움을 내 것으로 완전히 만든다.

LUCIANA
LITTIZZETTO
sola come un gambo di sedano
LA PLANTE
FREDDA DETERMINAZIONE
IL CONTO
CIFRATO
Delitto di mezza estate
Marguerite Yourcenar
Memorie di Adriano

223

시련은 축복이다

모든 시련은 결국에는 축복이 되기 마련이다.
리처드 바크 (Richard Bach)

시련을 겪어보지 않은 사람은 다른 사람의 아픔을 이해하지 못합니다. 그로 인해 더 넓어지는 것입니다. 시련을 마주하고 있을 때는 고통스러웠지만, 시간이 지나고 봤을 때 더 좋은 것이 왔다고 깨닫는 계기가 되기도 합니다. 시련 때문에 더 많이 성장했다는 것도 알게 됩니다. 자신이 극복할 수 있는 적당한 시련은 소중한 자산이 될 수 있다는 사실을 기억하세요. 그리고 축복을 기다리세요.

1분 명상

시련 앞에 무너지지 않고, 더 많이 성장한다.

224

조금만 더 힘을 내요

인내할 수 있는 자는 그가 원하는 결과를 얻을 수 있다.
벤자민 프랭클린 (Benjamin Franklin)

인내 없이 주어지는 것은 없습니다. 지금 인내할 수 있는 이유는 인내를 통해 얻을 결과가 눈에 보이기 때문입니다. 지금 당장에 조금 힘들어도 그 결과를 그리며 조금만 더 힘을 내시기 바랍니다. 가뿐히 넘을 수 있다는 희망을 가지고 오늘을 사시기 바랍니다. 그 결과에 대한 보상이 오고 있는 중이니까요.

인내하며 계속 전진한다.

225

책임지는 삶

책임이란 반응과 능력의 결합,
즉 자신의 반응을 선택하는 능력이다.
스티븐 커비 (Stephen Richards Covey)

책임을 진다는 건 거창한 일이 아닙니다. 자신의 반응에 좀 더 집중하고, 그 반응에 따라 선택을 하는 것입니다. 책임을 지는 삶을 살기 위해선 자신과 더 친해지는 것이 중요합니다. 자신을 정확하게 알아야 자신이 무엇을 원하는지 선택을 할 수 있으니까요. 자신을 더 잘 알아가기에 책임지는 삶은 즐겁고 기쁜 삶입니다.

1분 명상

나는 책임지는 삶을 산다.

226

지금 내 곁에 있는 행복

어리석은 자는 멀리서 행복을 찾고,
현명한 자는 자신의 발치에서 행복을 키워간다.
제임스 오펜하임 (James Oppenheim)

가만히 눈을 감아 보세요. 그리고 최근에 자신이 행복한 감정을 느꼈을 때가 언제인지 떠올려 보세요. 맑은 하늘은 볼 때, 석양이 지는 모습을 볼 때 또는 누군가 내가 준 도움으로 기뻐할 때 소소한 행복을 느끼지 않으셨나요. 그동안 행복을 너무 멀리서 찾지는 않았는지 생각해 보세요. 내 곁에 있는 모든 것에서 행복을 느끼는 당신은 참 현명한 사람입니다.

행복을 자주 느끼는 나는 현명한 사람이다.

227

침묵 속에 듣는 법

마음이 다른 것들로 가득 차 있다면 신의 음성을 들을 수 없습니다.
침묵 속에 들으십시오.
마더 테레사 (Mother Teresa)

마음에 복잡한 생각들로 가득할 때 덜어내는 법을 배워야 합니다. 단순해지는 자신만의 방법을 찾아야 합니다. 또한 선택의 기로에서 고민과 갈등이 계속될 때는 다른 누군가를 의지하는 것이 아니라 내면 깊숙한 자신의 소리를 들어 보시기 바랍니다. 모든 답은 자신 안에 있으니까요. 마음을 비워 보세요. 그리고 침묵해 보세요. 그 속에서 우리는 답을 발견할 수 있습니다.

침묵 속에서 내면 깊은 곳의 소리를 듣는다.

228

완벽한 인생을 만드는 방법

우리는 일함으로 생계를 유지하지만
나눔으로 인생을 만들어간다.
윈스턴 처칠 (Winston Churchill)

완벽한 인생을 만들어 가기 위해 오늘도 열심히 일을 합니다. 경쟁에서 뒤처지지는 않을까, 노후 준비는 어떻게 해야 할까 걱정하며 불투명한 미래를 위해 너무나도 바쁜 지금을 살고 있지는 않은지요. 하지만 바쁘면 바쁠수록 공허함만 느끼게 됩니다. 이럴 땐 시야를 좀 더 넓힐 필요가 있습니다. 나를 위해 살아가기도 하지만, 누군가를 위한 나눔을 경험할 때 공허함은 사라질 것입니다. 그렇게 인생이 채워지는 것을 느낄 수 있습니다.

1분 명상

나눔을 실천하며 완벽한 인생을 만들어 간다.

229

미루지 마세요

순간을 미루면 인생마저 미루게 된다.
마틴 베레가드 (Martin Bjergegaard)

해야 할 일인데 하기 싫어서 미루고 있지 않나요. 지금 당장 집중해서 하면 얼마 걸리지 않는 일인데도 시작하기가 쉽지 않습니다. 그래도 일단 시작을 해 보십시오. 우리 몸은 쉬운 걸 좋아하지만, 하나씩 하다 보면 그 일도 쉬운 일이 됩니다. 미루다 보면 마음 속의 부담이, 그리고 할 일이 계속 쌓여 언젠가 힘들어집니다. 지금 이 순간 해야 할 일이라면 미루지 말고 바로 행동하시기 바랍니다. 시간은 언제나 기다려 주지 않으니까요.

오늘 할 일을 내일로 미루지 않는다.

230

보이는 대로 판단하지 말아요

우리가 모두 편견을 비난하지만 아직은
모두가 편견을 가지고 있다.
허버트 스펜서 (Herbert Spencer)

눈에 보이는 모습으로 사람을 판단하지 않는지요. 가지고 있는 경험의 통계를 가지고 나도 모르는 사이에 정의 내리고 있는 걸 편견이라고 합니다. 편견이 없는 사람이 되려고 하지만 자신도 모르게 판단하고 있는 걸 발견할 수 있습니다. 그러기에 우리는 항상 인지를 하고 조심해야 할 것입니다.

1분 명상

내가 가지고 있는 편견에 속지 않는다.

231

때를 기다리자

준비하면서 때를 기다리고,
때가 되면 일을 일으킨다.
관자

아무리 훌륭한 능력을 가지고 있다 해도 그 능력을 펼칠 시기와 상황을 만나지 못하면 그 자리에 머물게 됩니다. 있는 힘을 다해 노력했는데, 때를 만나지 못했다고 해서 좌절하거나 포기하면 안 됩니다. 계속해서 준비하고 나아가야 합니다. 반드시 때를 만나고 일으킬 때가 있을 테니까요.

나의 때를 기다리며 포기하지 않고 계속 나아간다.

232

아름답고 소중한 것

세상에서 가장 아름답고 소중한 것은 보이거나 만져지지 않는다.
단지 가슴으로만 느낄 수 있다.
헬렌 켈러 (Helen Keller)

눈에 보이는 아름다움만이 값진 걸까요. 진정한 아름다움은 따뜻한 말 한마디, 그리고 사람의 태도에서 느낄 수 있습니다. 상대방을 생각하고 배려해 주는 그 마음으로 인해 따뜻한 말과 행동을 하게 되는 것입니다. 그리고 그 행동으로 인해 사람과 세상이 아름다워집니다. 오늘도 따뜻한 아름다움을 실천하는 하루가 되셨으면 좋겠습니다.

1분 명상 아름답고 소중한 것을 마음으로 충분히 느낀다.

233

마음의 가장 작은 소리, 양심

모든 사람에게는 자신만의 재판관인 양심이 있다.
그러므로 항상 양심의 소리에 귀를 기울이라.
레프 톨스토이 (Leo Tolstoy)

세상을 살다 보면 정당하지 않은 유혹이 오는 일이 있습니다. 유혹을 받아들이면 남보다 더 빨리 갈 수도 있고, 원하는 것을 가질 수도 있습니다. 누가 보지 않기에 나만 모른 척하면 됩니다. 하지만 우린 선뜻 그 유혹을 받아들이는 행동을 하지 않습니다. 바로 내 자신이 알고 있기 때문입니다. 우리는 그걸 '양심'이라고 부릅니다. 그리고 그 양심으로 인해 더 나은 세상이 되어 갑니다.

나는 양심을 저버리는 행동을 하지 않는다.

234

한글의 자부심

한글은 전 세계에서 가장 단순한 글자이며
가장 훌륭한 글자이다.
펄 벅 (Pearl Sydenstricker Buck)

우리 민족의 고유한 언어가 있다는 것. 그 언어를 지키고 살고 있다는 것에 우리는 자부심을 느껴도 됩니다. 민족의 고유한 정신, 사람의 영혼은 언어에 드러나기도 합니다. 한국인이기에, 한국어가 있기에 자랑스럽습니다. 우리는 충분히 자랑스러워해도 되는 민족입니다.

1분 명상

우리나라, 우리 언어에 자부심을 느낀다.

235

되어 보지 않으면 아무도 모른다

우리가 부모가 됐을 때 비로소 부모가 베푸는 사랑의
고마움이 어떤 것인지 절실히 깨달을 수 있다.
헨리 워드 비처 (Henry Ward Beecher)

어떤 사람이 주는 사랑과 희생에 우리는 아주 쉽게 말을 할 때가 있습니다. 그 위치에 있으니 사랑과 희생을 해야 하는 건 당연한 거라고 말을 합니다. 하지만 모든 일에 당연한 것은 없다는 것을 기억하세요. 그리고 모든 걸 쉽게 준다고 생각하지 마세요. 우리는 그 사람이 되어 보지 않으면 아무도 모르는 것입니다.

1분 명상 누군가의 사랑과 희생에 감사한 마음을 갖는다.

236

약속

누구나 약속하기는 쉽다.
그러나 그 약속을 이행하기란 쉬운 일이 아니다.
랠프 월도 에머슨 (Ralph Waldo Emerson)

약속은 말로 하는 것이기에 쉽습니다. 하지만 약속을 지킨다는 것은 또 다른 문제입니다. 행동이 동반되어야 하고, 행동하기 전에 여러 가지 감정이 동반될 것입니다. 전에 가졌던 마음과 달라질 수도 있고요. 어떤 약속이든 소중히 생각하고 잘 지키는 사람이 되시기 바랍니다. 그렇게 자신에 대한 신뢰는 쌓여가는 것입니다.

어떤 약속이든 소중히 여기고, 잘 지킨다.

237

무엇을 선택하시겠습니까

우리 인생의 옷감은
선과 악이 뒤섞인 실로 짜여진 것이다.
윌리엄 셰익스피어 (William Shakespeare)

우리가 입는 인생의 옷은 누가 만들어 주지 않습니다. 스스로 만들어 입는 것입니다. 손수 실을 선택하고, 짜여지며 옷이 만들어집니다. 선택과 만들어 가는 과정 속에 우리의 인생이 완성될 수 있는 것입니다. 좋은 실을 선택할 수도 있고, 좋지 않은 실을 선택할 수 있습니다. 그 선택은 오로지 나의 몫입니다.

선한 생각을 하며 인생을 산다.

238

전문가란

전문가란 자기 주제에 관해서 저지를 수 있는
모든 잘못을 이미 저지른 사람이다.

N. 보르

어떤 분야에서 능통한 전문가를 볼 때 카리스마가 있다고 느낍니다. 완벽해 보이기 때문입니다. 하지만 전문가도 처음부터 전문가는 아니었을 것입니다. 그 분야에 대해 경험을 하면서 모든 실수를 경험했을 것입니다. 실수하면서 더 할 실수가 없을 때 우리는 그 사람을 전문가라 부릅니다. 그러니 실수를 두려워하지 마시기 바랍니다.

1분 명상

나는 이미 실수를 다 해 본 카리스마가 있는 전문가다.

239

가야 할 곳만 바라보세요

괴로워하거나 불평하지 말라. 사소한 불평은 눈 감아 버려라.
어떤 의미에서는 인생의 큰 불행까지도 감수하고
목적만을 향하여 똑바로 전진하라.
빈센트 반 고흐 (Vincent Van Gogh)

가야 할 목표가 분명 있는데, 그 길이 명확하게 보이지 않을 때가 있습니다. 그래서 당장의 괴롭고 힘든 감정에 파묻히기도 합니다. 부정적인 감정이 먼저 올라올 땐 목표를 향해 온전히 집중하고 있는지 돌아보세요. 위대한 목표 앞에는 반드시 여러 장애물이 동반됩니다. 가야 하는 길에 온전히 집중하고 있다면, 그 장애물은 아무것도 아닐 것입니다. 훗날엔 자연히 사라지고, 목표점에 있는 자신과 만나게 될 것입니다. 그러니 가야 할 곳만 바라보고 전진하세요.

목표를 바라보고 가야 할 길에만 집중한다.

240

한 번에 하나씩

한 번에 한 가지 이상의 문제를
바구니에 담아서 짊어지지 마라.
에드워드 에버렛 헤일 (Edward Everett Hale)

인생에서 문제가 생길 때가 있습니다. 문제는 친절하게 예고하고 오거나, 하나씩 오지 않죠. 의식하지 못한 사이에 쌓여 터지기 마련인데요. 당황하지 말고 차근차근 하나씩 풀어가 보시기 바랍니다. 일단 내가 당장 할 수 있는 것과 없는 것을 구별한 다음, 할 수 있는 것부터 하나씩 풀어나가 보세요. 할 수 있는 것을 하나씩 해 나갈 때 쉽게 풀리는 경험을 하실 거예요.

1분 명상 문제는 한 번에 하나씩 해결해 나간다.

241

나를 만들어 가는 것

자아란 이미 완성된 것이 아니라
끊임없는 행위의 선택을 통해 지속적으로 만들어진다.
존 듀이 (John Dewey)

자신을 만들어 가는 것은 무엇일까요. 매일 매 순간 하는 선택에 의해 나란 존재는 빚어지고 있는 것입니다. 무엇을 먹는지, 어떤 행동을 하는지, 무슨 일을 하는지, 어떻게 사람을 대하는지 등등 말이죠. 나는 한 번에 완성되는 존재가 아닙니다. 계속 행동하고, 느끼고, 깨달으면서 나란 존재가 완전해져 가는 것입니다.

나의 존재는 내가 날마다 하는 선택으로 완성되어 간다.

242

분노를 키우지 말아요

원인보다 그 원인에 대한 분노의 결과로
우리는 더 많은 비통함을 겪는다.
마르쿠스 아우렐리우스 (Marcus Aurelius)

살다 보면 실수할 때가 있습니다. 생각지도 않게 잘못된 방향으로 갔을 때, 결과에만 집착해서 분노를 키워가게 될 때도 있습니다. 그때 명심해야 할 것은 그 감정에서 빨리 빠져 나오는 것입니다. 실수는 누구나 할 수 있다는 것을 인정하고, 원인에 대해서 분석하고 다시는 그런 실수를 반복하지 않도록 하면 됩니다. 자신의 감정을 객관화할 때 지나고 보면 그렇게 비통해 할 일이 아니었다는 것도 알게 될 것입니다.

1분 명상

감정을 객관화하며, 분노를 키우지 않는다.

243

가까운 사람에게 더 예의를

가장 쉬운 관계는 만 명과 맺는 것이며,
가장 어려운 관계는 단 한 명과 맺는 것이다.
조안 바에즈 (Joan Baez)

적당한 거리에 있는 사람에게는 예의를 갖춰 대합니다. 어떤 기대도 없기 때문에 실망할 일도 없죠. 하지만 가까운 사람은 다릅니다. 자신의 본심을 알아줄 거란 생각, 다 이해해 줄 거라는 기대 심리 등으로 나도 모르는 사이 너무 편하게 대하고 있지는 않나요. 그러한 모습으로 인해 어느 순간 상처가 될 수 있다는 사실을 잊지 마세요. 가까울수록 더 예의를 갖춰야 한다는 것도요.

1분 명상 가까운 사람에게 더 예의를 갖춘다.

244

좋은 사람이 되고 싶다면

계속 오랫동안 선행을 하다 보면 자신도 모르는 사이에
선량한 사람으로 변해 있을 것이다.
루이스 오친클로스 (Louis Stanton Auchincloss)

생각과 태도가 사람의 행동을 만들어 갑니다. 반복적인 행동은 사람을 바뀌게도 합니다. 좋은 사람이 되고 싶다면, 생각에서만 그치는 게 아니라 좋은 행동을 계속 반복해서 해 보면 어떨까요. 한꺼번에 할 순 없겠죠. 하루에 하나씩 좋은 행동을 쌓아가는 건 어떨까요. 그럼 어느샌가 좋은 사람이 되어 있을 것입니다.

선하고 좋은 행동으로 좋은 사람이 된다.

245

자유를 즐기려면

자유를 즐기려면 자기 자신을 잘 다스려야 한다.
버지니아 울프 (Virginia Woolf)

사람들은 자유를 갈망합니다. 자유롭기 위해서는 모든 것을 벗어 던져야 한다고 생각합니다. 하지만 자유에는 책임이 따릅니다. 책임을 질 수 있는 사람이 온전한 자유를 누릴 수 있는 것입니다. 그렇기에 자유는 책임의 또 다른 이름이기도 합니다. 책임이 없는 자유는 방종입니다. 자유가 방종이 되지 않기 위해, 온전한 자유를 즐기기 위해서는 자신을 잘 다스려야 합니다.

1분 명상 나는 진정 자유로운 사람이다.

246

피하는 게 답은 아니다

대면한다고 해서 모든 것이 바뀔 수는 없지만,
맞서 대면하지 않으면 아무것도 바꿀 수 없다.
제임스 볼드윈 (James Arthur Baldwin)

살다 보면 알면서도 모르는 척하고 싶을 때가 있습니다. 문제가 보이는데 대면하기 싫어 외면할 때가 있습니다. 하지만 즉시 대면하지 않으면 작은 문제가 커다랗게 변할 수도 있습니다. 피하고 싶지만 결국 해결해야 할 문제라면 대면하면서 하나씩 풀어가 보는 건 어떨까요. 대면하지 않으면 아무것도 바뀌지 않고, 문제는 더 커질 수도 있으니까요.

1분 명상 대면하고, 인정하고, 받아들이고, 고쳐 나간다.

247

비움의 미학

나는 광고를 읽지 않는다.
이것저것 갖고 싶다는 생각에 시간만 허비하게 될 테니까.
프란츠 카프카 (Franz Kafka)

한 곳에서 오랫동안 살다 보면 물건이 많이 쌓입니다. 자신도 모르게 말이죠. 자주 이사를 하면 정리를 하고, 버리게 됩니다. 그렇게 삶이 단순해지는 것을 볼 수 있습니다. 비우는 삶은 삶에서 군더더기를 없애는 일이 아닐까요. 비우는 작업을 자주 하다 보면 물건이 채워지지 않아도 마음이 채워지는 것을 경험할 수 있습니다. 그렇게 비움의 미학을 알아갑니다.

비우는 삶을 산다.

248

좋아하는 일을 한다는 건

자신의 마음이 움직이는 대로 행동하고
원하는 일을 한다면 일과 놀이의 구분이 사라진다.
삭티 거웨인 (Shakti Gawain)

자신과 맞지 않는 일을 하면 지루하고, 고통을 느끼기도 합니다. 시간이 더디게 갑니다. 하지만 좋아하는 일을 하다 보면 시간 가는 줄 모릅니다. 좋아하는 일을 할 땐 일보다 즐거운 놀이로 인식을 하게 되는 것이죠. 좋아하는 일을 한다는 건 축복입니다. 오늘도 가장 좋아하는 일을 하면서 채우는 하루가 되시길 바랍니다.

1분 명상 좋아하는 일을 하면서 하루를 보낸다.

249

바쁘기만 한 사람

게으른 사람은 아무것도 해내지 못한다.
바쁘기만 한 사람도 그보다 특별히 나을 게 없다.
헤니지 오길비 (Heneage Ogilvie)

오늘도 빡빡한 스케줄을 보며, 어디에나 꼭 필요한 사람이 된 거 같아 위안을 삼고 있지는 않나요. 그 시간들 속에 자신을 행복하게 하는 시간은 얼마나 되는지 점검해 보세요. 바쁜 게 꼭 좋은 것만은 아닙니다. 자신의 행복과 성장을 위해 무엇을 해야 하는지 분명히 아는 사람이 되세요. 우선순위를 두고 사는 사람은 여유있게 그 모든 것을 해냅니다.

나를 행복하게 하는 일에 우선순위를 둔다.

250

자존감이 높은 사람

나는 나 자신을 찬양하고, 나 자신을 노래한다.
월트 휘트먼 (Walt Whitman)

다른 사람의 인정으로 인해 자존감이 올라가거나 내려가진 않았나요. 진짜 자존감이 높은 사람은 다른 사람의 평가에 자신을 내맡기지 않습니다. 다른 사람의 평가보단 자기 자신의 평가를 중요시하고, 자기 자신을 사랑하고 스스로 인정할 줄 압니다. 자신에게 먼저 힘이 되어 주십시오. 그 어떤 것에도 주눅 들지 않고 온전히 자신만의 인생을 살아 가시기 바랍니다.

1분 명상

나는 나를 사랑한다.

251

매력 있는 사람

자신의 매력을 발전시켜 남의 마음을 사로잡는 데 활용하라.
부자나 잘생긴 사람을 대체할 수 있는 것은 얼마든지 있다.
발타자르 그라시안 (Baltasar Gracián)

외적인 아름다움을 가지고 있는 사람에게서 우리는 매력을 느낍니다. 하지만 함께하는 시간이 즐겁고, 편안해지는 사람에게서 매력을 느끼기도 합니다. 매력은 사람의 마음을 끌어당기는 힘입니다. 매력은 하나로 고정된 것이 아닌 다양함이 있습니다. 그리고 매력은 누구에게나 있는 것입니다. 그런 매력을 가진 당신, 자신만의 매력으로 상대방의 마음을 은은하게 만들어 주세요.

나는 사람들의 마음을 끌어당기는 매력을 가진 사람이다.

252

삶에 문제가 닥쳤을 때

삶에서 아무런 문제도 가지고 있지 않은 사람은
이미 인생이란 경기에서 제외된 사람이다.
엘버트 허버드 (Elbert Green Hubbard)

삶에는 항상 문제가 도사리고 있습니다. 문제가 없어야 한다는 강박관념보다는 문제를 대수롭지 않게 여기는 마음 자세가 더 필요할지도 모릅니다. 그리고 그 문제는 항상 해결된다는 믿음이 필요할 것입니다. 문제를 해결하기 위해 고민하는 과정 속에서 우리는 성장을 합니다. 인생의 전부는 어쩌면 그 문제들을 해결하면서 살아가는 일일지도 모릅니다.

나에게 닥친 문제를 두려워하지 않는다.

253

성공의 지름길

방랑자가 되고 싶으면 나는 주변에서 최고로 성공한 방랑자에게
정보와 조언을 구할 것이다. 성공하고 싶다면 주변을 둘러보고
성공적인 삶을 사는 사람들을 찾아가 그들이 해온 대로 하면 된다.
조지프 마샬 웨이드

어떤 목표를 이루고자 할 때 가장 단순하고도 빨리 갈 수 있는 방법은 무엇일까요. 자신만의 방법을 개발할 수도 있지만 그건 시간이 오래 걸릴 것입니다. 앞서 목표를 이룬 성공한 사람들의 발자취를 한번 따라가 보세요. 이미 그것을 이룬 사람들의 장점을 배우고 이룬 방법을 멘토로 삼아 간다면 시행착오를 줄일 수 있을 것입니다. 또 이뤄 가는 여정 속에서 자신만의 방법을 찾을 수도 있습니다.

1분 명상

내가 가고자 하는 길을 이룬 사람의 장점을 내 것으로 삼는다.

254

익숙한 것들과 결별하기

새는 알을 깨고 태어난다. 알은 새의 세계이다.
태어나고자 하는 자는 하나의 세계를 깨뜨리지 않으면 안 된다.
헤르만 헤세 (Hermann Karl Hesse)

새로운 것에 눈이 뜰 때는 언제일까요. 기존의 것이 깨졌을 때입니다. 새로워지기 위해서는 기존에 가지고 있었던 익숙하고 편안한 것들을 깨뜨려야 하는지도 모릅니다. 안 그러면 계속 안주하게 되기 때문이죠. 변화와 성장을 원한다면 과거에 얽매였던 모든 것들, 그리고 익숙하고 편안한 것들과 이별하고 새로운 것들을 맞이해 보세요. 그리고 새롭게 된 자신을 느껴 보세요.

내가 원하는 모습의 새로운 내가 된다.

255

어제보다 한 걸음 더 나아가기

위대함은 다른 사람보다 앞서가는 데 있지 않다.
참된 위대함은 자신의 과거보다 한 걸음 앞서 나가는 데 있다.
인도 속담

자신에게 경쟁자가 있나요. 경쟁자가 있다는 건 때로는 성장하고 발전하는 동기를 갖게 하지만, 스트레스를 받을 수도 있습니다. 경쟁자가 남이 될 때는 말이죠. 당신이 이겨야 할 사람은 다른 누군가가 아닙니다. 그저 어제보다 조금 더 나은 당신 자신이 되어 있으면 됩니다. 어제보다 오늘은 한 걸음 더 나아가고, 성장한 자신을 계속해서 응원해 주세요.

1분 명상 어제보다 한 걸음 더 나아가는 내가 된다.

256

변화에 적응하는 힘

인간은 무엇에나 적응하는 동물이다.
또한 무엇에나 적응할 수 있는 존재이다.
표도르 도스토옙스키 (Fyodor Dostoevsky)

세상은 빠른 속도로 변화하고 있습니다. 변화에 적응할 수밖에 없는 우리의 인생입니다. 안 그러면 너무나도 뒤처지기 때문이지요. 속도에 맞춰 따라가려고 하니 숨이 가빠져서, 다 놓고 싶을 때도 있습니다. 지치지 않으려면 천천히 한 걸음만 떼세요. 어느 순간 적응하고 있는 자신에 놀라울 거예요. 우리는 무엇에나 적응할 수 있는 존재이니까요.

1분 명상

변화에 적응할 수 있는 힘이 있다.

257

매일 감사하기

매일 감사하는 시간을 가져라. 나에게 잃은 것을 한탄하는 시간보다는
나에게 주어진 것을 감사하는 시간이 부족할 뿐이다.

헬렌 켈러 (Helen Keller)

삶이 힘들고 팍팍하게 느껴질 때는 감사가 없어질 때입니다. 마땅히 감사할 수 있는 큰 사건이 아니어도 우리는 항상 감사를 할 수 있습니다. 좋은 날씨에 감사할 수 있고, 하루를 무사히 보낸 것에 대해 감사할 수도 있습니다. 매일 시간을 내서 감사할 거리를 찾아보세요. 평범한 것들에 감사하는 시간을 가질 때 우리의 삶은 더 행복을 느끼게 됩니다.

나는 매일 감사하는 시간을 가진다.

258

진심의 말을 구분하기

가슴 깊은 신념에서 말하는 '아니오'는 그저 다른 이를 기쁘게 하거나
위기를 모면하기 위해 말하는 '예'보다 더 낫고 위대하다.
마하트마 간디 (Mohandas Karamchand Gandhi)

간혹 분위기를 망치기 싫어서, 또는 상대방의 기분을 좋게 한다고 "아니오"라고 말해야 하는 것을 "예"라고 대충 말하고 있지는 않나요. 어떤 말이든 진심이 아닌 말은 결국 들통나기 마련입니다. 진심이 아니라면 말을 아끼고, 진심을 다해 말하는 습관을 들이면 어떨까요. 진심을 담은 말을 하다 보면, 진심이 담긴 말을 잘 구분할 수 있을 것입니다.

1분 명상

진심이 담긴 말을 하고, 진심이 담긴 말을 구분한다.

259

이별을 잘하기 위해선

이별의 아픔 속에서만 사랑의 깊이를 알게 된다.
조지 앨리엇 (George Eliot)

누군가를 만나서 알아갈 때, 마음엔 설렘이 가득해집니다. 처음이기 때문이죠. 시작은 기대로 가득하지만 점점 그 설렘이 익숙함으로 변하면서 다른 감정을 갖게 되기도 합니다. 그리고 이별은 피해갈 수 없는 것이 됩니다. 자연스럽게 우리는 사랑과 이별을 경험하는 건지도 몰라요. 사랑을 잘하는 것만큼 이별 또한 잘해야 하는데 이별을 잘하기 위해선 사랑할 수 있을 때 맘껏 사랑하는 것입니다.

사랑할 때 맘껏 사랑한다.

260

행복한 노력가

대개 행복하게 지내는 사람은 노력가이다.
게으름뱅이가 행복하게 사는 것을 보았는가.
노력의 결과로써 얻는 성과 없이는 참된 행복을 누릴 수 없다.
수확의 기쁨은 흘린 땀에 정비례하는 것이다.
윌리엄 블레이크 (William Blake)

행복이란 건 행운처럼 불시에 찾아오는 걸까요. 아니면 노력해서 얻게 되는 것일까요. 노력하지 않아도 느끼는 행복이 있겠지만 오래가진 않을 겁니다. 땀 흘리고 난 뒤에 오는 쉼이 최고로 느껴지는 것처럼 노력한 후 느끼는 행복은 말로 할 수 없는 기쁨을 가져다 줄 것입니다. 모두 행복한 노력가가 되어 매일이 행복이 넘치는 날들이 되었으면 좋겠습니다.

나는 행복한 노력가이다.

261

머뭇거리지 마세요

목표가 있어도 머뭇거리면 얻을 수 없다.
목표가 세워지면 실천해야 그 어떤 것이든 취할 수 있는 것이다.
토머스 J. 빌로드 (Thomas J. Vilord)

목표가 있는데 무엇을 어떻게 해야 할지 모르겠다면, 목표를 향한 계획을 한번 세워 보세요. 계획을 세우다 보면 지금 당장 해야 하는 일이 보일 거예요. 아주 작은 일이 될 수도 있어요. 그 작은 행동을 실천할 때 결국 목표를 이룰 수 있게 되는 것입니다. 지금은 보잘것없어 보여도 그 행동으로 인해 목표로 다다를 수 있는 것입니다. 절대 머뭇거리지 말고 지금 바로 행동하시기 바랍니다.

1분 명상 머뭇거리지 않고 바로 행동한다.

262

정상에서의 광경

현실이 가파른 오르막처럼 느껴질 때는
정상에 올랐을 때의 광경을 생각하라.
래리 버드 (Larry Joe Bird)

산에 오를 때를 한번 떠올려 보세요. 그저 높아 보였던 산도 한 발 한 발 내딛다 보면 어느덧 정상에 도달하게 됩니다. 정상에서 보는 풍경은 그동안 힘들었던 발걸음을 잊게 만들어 줍니다. 성취감을 느끼게 합니다. 그리고 그 성취감은 다른 일도 할 수 있는 힘을 갖게 합니다. 지금 힘이 들 땐 가만히 눈을 감고 정상에 올랐을 광경을 생각하며 느껴보세요.

1분 명상 정상에서의 기쁨을 누린다.

263

지루하지 않게 사는 법

인생은 행복한 사람에게는 짧고
불행한 사람에게는 지루하다.
그리스 격언

인생에서 지루함을 느낄 땐 삶의 의미를 찾지 못할 때입니다. 자신이 하는 일이 재미있으면 힘들더라도 힘들게 느껴지지 않고, 시간도 빨리 가는 것 같습니다. 인생의 시간은 절대적이지 않습니다. 마음 상태에 따라 시간이 빨리 가거나 더디게 간다고 느끼게 됩니다. 인생을 절대 지루하게 흘러가도록 놔두지 마시길 바랍니다.

나는 매 순간 행복을 느끼며 산다.

264

지금 하라

계획한 사업을 시작하는 데 있어서 신념은
단 하나, '지금 그것을 하라!' 이것뿐이다.
윌리엄 제임스 (William James)

거창한 계획이 있습니다. 그런데 지금 당장 시작을 못 하고 있을 때가 많습니다. 좀 더 준비되면 하겠다는 마음으로 계속해서 완벽해지려고 노력합니다. 하지만 계속 준비만 하다 보면 결국 못 하게 된다는 것만 기억하세요. 계획한 것이 있다면 미루지 말고 지금 당장 하시기 바랍니다. 그리고 지금 당장 하는 행동을 반복해서 하시기 바랍니다. 그 신념만 계속해서 지킨다면 이루지 못할 일이 없을 것입니다.

마음에 떠오른 것이 있다면 지금 당장 한다.

265

생각하며 사는 인생

당신이 만일 생각하지 않는 사람이라면
당신은 무엇을 위한 인간이란 말인가?
새뮤얼 테일러 콜리지 (Samuel Taylor Coleridge)

생각을 통해서 우리는 성장을 하고 발전을 합니다. 하지만 생각을 한다는 건 좀 피곤한 일이기도 합니다. 피곤하다고 해서 생각하는 것을 게을리하지 마시기 바랍니다. 계속해서 생각하는 힘을 기르고, 그 힘을 통해서 자신의 인생이 완성되어 가는 것입니다. 생각이 주는 힘을 잊지 마세요.

1분 명상 생각의 힘을 기르며 산다.

266

사랑은 희망이다

사랑은 우리를 하늘로 이끄는 별이며, 메마른 황야에서는
한 점의 초록색이며, 모래 속에 섞인 한 알의 금이다.
프리드리히 할름 (Friedrich Halm)

사랑한다는 것은 온전히 다른 대상을 받아들이는 것입니다. 사랑하는 대상은 물건이 될 수도, 사람이 될 수도 있습니다. 있는 그대로 기뻐하고 좋아할 수 있을 때, 우리는 가장 소중한 보물을 얻게 되는 것입니다. 소중하게 생각하는 사랑하는 대상이 있으면 아무리 어려운 일이 있더라도 희망으로 나갈 수 있습니다. 사랑은 그런 것입니다. 희망으로 이끄는 한 줄기 빛과도 같은 것입니다.

사랑하는 대상이 있어 희망을 갖게 한다.

267

정직하게 얻는 행복

행운과 행복을 바라지 않는 사람은 없다. 그것을 얻기 위해
욕심을 부려 그 지름길로 가려고 도박에 손을 대는 사람이 있다.
하지만 옳지 않다. 오로지 일을 해서 얻어야 한다.
헨리 워즈워스 롱펠로 (Henry Wadsworth Longfellow)

쉽게 얻을 수 있다는 달콤한 유혹으로 가지 말아야 할 길에 들어서는 경우가 있습니다. 아주 작은 확률이 있는 헛된 희망으로 자신의 모든 것을 걸고, 모든 것을 잃는 사람이 있습니다. 정직하지 않은 방법을 썼을 때 일어나는 일들입니다. 정직하지 않은 방법으로 얻은 것은 그만큼 쉽게 떠나간다는 사실을 기억하세요. 조금은 더디게 가더라도 정직이 결국엔 승리하는 것입니다.

1분 명상

정직한 방법으로 성공에 이른다.

268

승자와 패자

승자와 패자의 다른 점은 승자는 실행하는 사람이고,
패자는 실행을 모르는 사람이라는 것이다.
앤서니 로빈스 (Anthony Robbins)

흔히 승자는 이기는 사람이라고 생각합니다. 어떤 방법으로든 이기는 사람이라고 하지만 아닙니다. 우리는 승자와 패자의 의미를 확실히 알아야 합니다. 어떤 일에든지 실행하고 있다면 앞으로 나아가고 있기에 승자인 것입니다. 승자는 앞으로 나가는 사람 그렇게 발전하고 있는 사람이고 패자는 아무것도 하지 않는 사람입니다. 아무것도 하지 않으면 아무 일도 일어나지 않고 항상 그 자리에 있을 테니까요.

1분 명상

나는 행동하는 사람이기에 승자이다.

269

현실적인 몽상가

우리의 중요한 임무는 멀리 있는 것, 희미한 것을 보는 게 아니라
가까이 있는 분명한 것을 실천하는 것이다.
토머스 칼라일 (Thomas Carlyle)

이상을 꿈꾸는 사람이 있습니다. 자신의 미래를 핑크빛으로 낙관하며 희망에 가득 차 있는 사람은 다른 사람보다 꿈을 이룰 가능성이 더 큽니다. 그런데 거기엔 행동이 뒷받침되어야 합니다. 이상만 가지고 실행하지 않는다면 몽상가로 끝날 것입니다. 이상은 크게 갖되 행동하는 현실주의자가 되십시오. 현실적인 몽상가가 될 때 생각하는 크기의 일들을 이룰 수 있을 것입니다.

나는 현실적인 몽상가이다.

270

낭비되는 시간에 민감해지세요

인생은 시간의 낭비에 의해 더욱 짧아진다.
새뮤얼 존슨 (Samuel Johnson)

인생을 낭비한다는 의미는 어떤 것일까요. 뚜렷한 목적의식 없이 그냥 흘러가는 대로 시간을 보내는 것입니다. 하지만 자신에게 어떠한 목적, 그리고 해야만 하는 일이 있다면 그건 결과를 내게 합니다. 꼭 인생에서 어떤 결과를 내야 하는 것은 아니지만, 목적이 있다면 그냥 흘러가며 낭비되는 시간이 없게 합니다. 어떤 시간이든 의미가 있기 때문이죠. 그러니 낭비되는 시간에 민감해지기 바랍니다.

나는 시간을 낭비하지 않는다.

271

어떤 일에도 담대하세요

담대하라. 그리하면 어떤 큰 힘이
당신을 도와주려 할 것이다.
베이실 킹

기존에 하지 않았던 일을 기획하고 해 나갈 때 두려움을 느낍니다. 익숙하지 않기에 두렵기도 하고, 주변 사람들은 부정적으로 말하기 때문일지도 모릅니다. 그런 말에 휘둘리지 말고 자신을 믿으세요. 담대함을 가지고 해 나가다 보면 반드시 이룰 수 있습니다. 자신도 모르는 거대한 힘이 와서 보호해 줄 것입니다. 중요한 건 자신을 믿는 것과 담대함입니다.

1분 명상

나는 어떤 일이든 담대함으로 한다.
큰 힘이 항상 나를 도와줄 것이다.

272

행복의 기준 찾기

돈 많은 사람과 내면적 사색이 충실한 사람, 누가 더 행복할까.
사색하는 쪽이 훨씬 더 행복할 것이다.
랠프 월도 에머슨 (Ralph Waldo Emerson)

물질 만능주의의 세상에서 살다 보니 많은 사람들이 행복의 기준을 돈에 두고 살아갑니다. 돈이 많으면 행복하고, 돈이 없으면 불행하다고 하는 사람들은 돈 때문에 억울한 일을 한 번이라도 당했을 겁니다. 돈이 행복을 가져다주는 걸까요? 편리함은 가져다줄 것입니다. 하지만 돈이 행복의 기준이 되어서는 안 됩니다. 자신만의 행복의 기준을 가지시기 바랍니다.

나를 행복하게 하는 정신적 가치에 더 힘을 쏟는다.

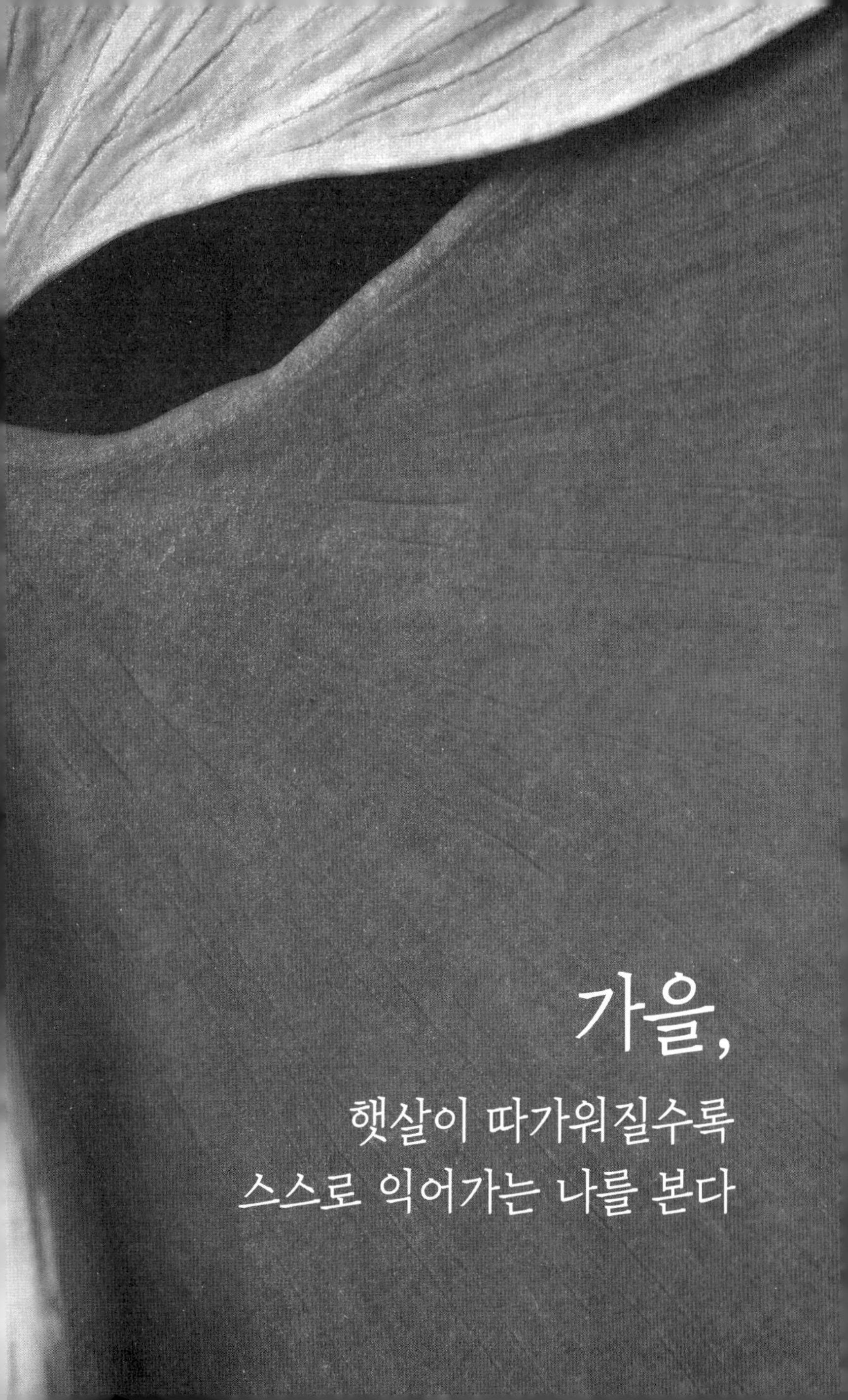

가을,

햇살이 따가워질수록
스스로 익어가는 나를 본다

인생은 흥미진진하다.
특히 남을 위해 살아갈 때 가장 흥미롭다.

_헬렌 켈러

Part 04

273

사랑의 힘

사랑은 봄에 피는 꽃과 같다.
온갖 것에 희망을 품게 하고, 달콤한 향기를 풍긴다.
귀스타브 플로베르 (Gustave Flaubert)

사랑에 냄새가 있다면, 어떤 냄새일까요. 아주 달콤한 향일 것입니다. 사랑을 할 때는 세상의 달콤한 것은 자신의 것인 것 마냥 모든 것에 기분이 좋아지는 것을 느낍니다. 세상에 좋은 것만 있는 것은 아니지만, 사랑하는 마음을 가지고 있을 때 모든 좋아 보입니다. 모든 할 수 있을 것 같고 생명의 힘을 느끼게 합니다. 매일이 이렇게 사랑이 주는 힘으로 충만했으면 좋겠습니다.

1분 명상

사랑하는 향기로 내 안을 가득 채운다.

274

행복은 받는 것이 아닌 주는 것

행복은 남에게서 받는 것이 아니라
내가 남에게 주는 것이다.
아나톨 프랑스 (anatole France)

누군가로부터 선물을 받을 때 기쁘지만, 누군가에게 내가 줄 수 있는 무엇이 있을 때 더 기쁨을 느낍니다. 상대방에게 필요한 것을 내가 줄 수 있을 때 내 존재에 대해 더 짜릿함이 느껴지지 않나요. 이것이 바로 '주는 기쁨'입니다. 누군가에게 필요한 존재가 되고, 상대방이 기뻐하는 것을 볼 때 더 큰 행복을 느끼는 것입니다. 주는 것으로 자신이 더 행복해질 수 있다는 것을 기억하세요.

나는 주는 행복을 크게 느낀다.

275

기회가 왔을 때 알아보는 법

기회가 올 때 받아들일 준비가 되어 있는 것,
그것이 성공의 비결이다.
벤저민 디즈레일리 (Benjamin Disraeli)

기회는 자신도 모르는 사이에 다가옵니다. 기회가 왔을 때 잘 잡는 사람이 있고, 그냥 흘려 버리는 사람이 있습니다. 자신이 얼마나 준비가 되어있느냐에 따라 기회가 보이기도 하고, 보이지 않기도 합니다. 기회가 먼저 오고 그 일을 하는 것이 아니라, 아직 오지 않았더라도 항상 준비하고 있어야 하는 것입니다. 꾸준히 준비한 사람이 기회를 잡으면, 그땐 바로 성공 가도를 달리게 되는 것입니다.

1분 명상

나는 기회를 놓치지 않기 위해 오늘도 준비를 한다.

276

날 가장 잘 아는 사람

자신에게 가장 훌륭한 스승은 자기 자신이다.
자신이야말로 자신을 가장 잘 알고 있고,
자신만큼 자신을 격려해 주고 존중해 주는 스승은 없다.
탈무드

잘하는 것도 많고 장점도 많은데, 자꾸 자신이 부족해 보이기만 하나요? 겸손이 미덕이라 생각하며 자신을 너무 낮추면서 살고 있지는 않나요. 존재만으로도 너무 멋지고 훌륭한데 말이죠. 그 누구의 칭찬보다 자신이 자신에게 하는 칭찬이 제일 값지다는 것을 기억하세요. 그러기 위해선 내가 날 가장 잘 알아야 합니다. 나만큼 날 잘 아는 사람이 없고, 나만큼 나를 격려해 주는 스승은 없을 거예요.

나는 나를 격려하고 사랑한다.

277

인생이 꽃피는 시기

인생의 봄은 오직 한 번밖에 꽃을 피우지 않는다.
퍼시 셸리 (Percy Bysshe Shelley)

봄, 여름, 가을, 겨울이 지나면 1년이 가고 또 다른 1년이 찾아옵니다. 시간의 계절은 반복적으로 흐르는데 우리는 한 살, 두 살 나이를 먹어 갑니다. 계절이 같고 풍경이 같아도 우리는 한 해, 두 해 달라집니다. 지금의 모습은 1년 전과 다르고, 1년 후의 모습은 또 지금과 다를 것입니다. 그러니 우리 오늘만 사는 꽃처럼, 오늘 피고 진다는 생각으로 하루하루를 의미 있게 보내시기 바랍니다.

1분 명상 언제나 인생이 꽃피는 시기를 살고 있다.

278

패배는 용납하지 않습니다

만일 패배의 마음을 갖고 있다면 그 마음을 뿌리 뽑아야 한다.
패배를 생각하면 패배하기 때문이다.
그러므로 패배를 믿지 않는 태도를 가져야 한다.
노먼 빈센트 필 (Norman Vincent Peale)

자신이 가지고 있는 생각이 그대로 실현된다는 말 믿으시나요. 그리고 생각하는 대로의 사람이 되어 갑니다. 운이 좋은 사람이 자신이 운이 좋다고 생각하기에 운이 좋은 상황이 되는 것입니다. 그러니 절대 마음에 패배라는 단어를 심어 두지 마세요. 부정적인 단어를 생각조차 하지 않는 것이 중요합니다.

1분 명상

패배란 단어는 내 인생에서 없다.

279

거칠 것이 없는 삶

사람이 너무 약으면 자신을 여러 겹의 울타리 속에 넣어 두는 것과 같다.
사람이 거칠 것이 없이 자연스러운 것은 진리 속에 있을 때이다.

주희 (朱熹), 《근사록》

사람을 대할 때 머리를 쓰는 사람, 순간의 이득을 위해 계산을 하는 사람들이 있습니다. 상대방은 모를 거라 생각을 하지만 마음은 다 통하는 법입니다. 어떤 상황에서든 자기의 이익을 위해 머리를 굴리는 사람은 결국 자기 꾀에 넘어갑니다. 계산을 하면서 정제된 삶보다는 거칠 것이 없는 투명하고 정직한 삶을 사세요. 모든 일에 머리 쓰지 않고 마음을 다하는 것, 결국 인생에서 승리하는 방법이 아닐까요.

거칠 것이 없는 자연스러운 삶을 산다.

280

세상을 꽃밭으로 만드는 유일한 방법

사랑은 이 세상을 꽃밭으로
만들 수 있는 위대한 열쇠이다.
R. 스티븐슨 (R. Stevenson)

세상이 너무 팍팍한가요. 나만 되는 일이 없는 것 같나요. 그럴 땐 자신에게 사랑의 마음이 없는 건 아닌지 한번 생각해 보세요. 사랑의 마음이 가득 들어차 있으면 세상이 아름다운 꽃밭으로 보이고, 사랑의 마음이 없을 때 팍팍한 아스팔트로 보이는 것입니다. 결국 모든 건 마음의 문제입니다. 상황이 아닌 자신의 마음을 바라보세요. 그리고 사랑의 마음을 가득 채우세요.

1분 명상 나는 언제나 사랑을 한다.

281

진정한 만족

만족할 마음을 가질 수 없는 사람은
만족한 생활을 할 수 없다.
묵자

더할 것도 덜할 것도 없이 충족된 마음을 느껴보신 적이 있으신가요. 그 마음이 바로 만족하는 마음입니다. 만족은 상대적인 것입니다. 만족이 있을 때 우리는 행복함을 느낍니다. 성공해야 한다는 마음 때문에 더 욕심내면서 살고 있지는 않은지 돌아보세요. 욕심내는 삶은 자신의 부족한 점에 집중하게 합니다. 하지만 만족을 하는 삶은 가지고 있는 것에 집중하게 하지요. 그리고 감사가 흘러넘치는 삶을 살아갑니다.

내가 지금 하는 일에 만족함을 가진다.

282

꿈이 현실이 되는 것은

꿈꾸는 것도 훌륭하지만 꿈을 실행에 옮기는 것은 더 훌륭하다.
신념 그 자체도 강하지만 실행을 더하면 더 강하다.
열망도 도움이 되지만 노력을 더하면 천하무적이다.
토머스 로버트 게인즈 (Thomas Robert Gains)

꿈을 꾸고 열망하며 믿음을 가지는 것은 마음과 연관이 됩니다. 마음을 가지게 되는 것은 시작이 되고, 실행은 그 꿈을 이루게 만듭니다. 마음에 꿈이 생겼다면 그 마음에 감사하고 바로 행동에 옮기시기 바랍니다. 실력은 자연스럽게 쌓이고, 그 꿈이 현실이 되는 날이 좀 더 빨리 올 것입니다.

1분 명상 꿈에 실행을 더해서 현실로 만든다.

283

인생의 자본금을 잘 활용하는 방법

시간은 누구에게나 평등하게 주어진 인생의 자본금이다.
이 자본금을 잘 이용한 사람이 승리자가 된다.
아뷰난드

공평하지 않게 주어지는 인생에 가장 공평하게 주어지는 게 있다면 '시간'일 것입니다. 시간을 잘 관리하는 사람이 공평하게 주어지지 않은 다른 모든 것들을 얻을 수 있습니다. 가진 것이 없다고 불평하면서 인생을 낭비하지 마세요. 인생의 자본금인 시간을 소중히 여기고, 잘 쓰다 보면 반드시 승리자가 될 수 있으니까요.

시간을 잘 써서 시간이 인생의 승리자가 된다.

284

인생이라는 책

인생은 한 권의 책과 같다. 어리석은 사람은
아무렇게나 책장만 넘기지만 현명한 사람은 공들여 읽는다.
장 파울 (Jean Paul)

한 권의 책에는 저자의 인생이 모두 들어 있습니다. 온몸으로 살아낸 저자의 인생의 경험을 통해 우리는 많은 인사이트를 얻기도 하죠. 자신이 몸소 부딪히며 경험할 수 있는 것에는 한계가 있습니다. 그렇기 때문에 나보다 앞서 내가 하려고 하는 일을 경험한 사람들의 글을 보면서 지혜를 얻는 것입니다. 책 한 권은 한 사람의 경험을 토대로 한 인생의 노하우가 담긴 압축본이라고도 할 수 있습니다. 책을 항상 가까이 하는 삶을 사셨으면 좋겠습니다.

1분 명상 나는 항상 책을 가까이한다.

—Demasiado tarde; murmuró el goberna
—Por qué demasiado tarde? replicó la joven, tú sufres
mucho pero lograremos salvarte.
Dolores no comprendía que la Inquisición había con-

285

슬픔에 관하여

명심하라.
하늘은 결코 인간에게 견딜 수 없는 슬픔을 주지 않는다는 사실을.
윌리엄 사파이어 (William Safire)

행복한 순간들만 있는 인생이었으면 좋겠습니다. 하지만 살다가 극도의 아픔과 슬픔을 느끼는 순간들도 분명 마주하게 됩니다. 아무리 발버둥치며 벗어나려 해도 오히려 더 수렁으로 빠지는 것만 같은 순간들이요. 그 순간은 지나지 않을 것만 같습니다. 불안도 느껴지고, 원망하는 마음도 듭니다. 하지만 분명히 기억해야 할 것이 있습니다. 그 순간은 영원하지 않다는 것을요. 그 시간은 반드시 지나가고, 그로 인해 반드시 자신은 성숙하고 성장하게 되어 있다는 것을요. 그러니 너무 조바심내지 않았으면 해요.

1분 명상

아무리 슬픈 일도 반드시 지나간다.

286

자기를 아는 것

자기를 아는 것이 참다운 진보이다.
안데르센 (Andersen)

많은 사람이 성장과 발전을 하기 위해 아는 것이 많아야 한다고 생각하고, 지식을 채워 넣기에 바쁩니다. 아는 게 많아질수록 진보하고 있다는 생각도 듭니다. 하지만 진정한 성장의 본질은 '자신을 아는 것'에 있다는 것을 잊지 마세요. 자신을 제대로만 알아도 자체로 충만함을 느끼며 여유 있게 진보하는 인생을 살게 됩니다. 매일이 자신과 더 친해지는 날들이 되셨으면 좋겠습니다.

진정한 나를 알아간다.

287

언제나 새로워지는 방법

사랑은 나이를 갖지 않는다.
언제나 새롭게 태어나기 때문이다.
파스칼 (Pascal)

마음속에 열정이 샘솟을 때는 언제일까요. 바로 사랑하는 대상이 있을 때입니다. 사랑하는 무언가가 존재할 때 지켜주고 싶다는 생각, 행복하게 해주고 싶다는 열망이 생길 것입니다. 사랑이 존재할 때 언제나 마음을 새롭게 해줍니다. 사랑은 나이가 적거나 많거나 상관없이 가질 수 있는 마음입니다. 항상 사랑하는 마음을 가지고 사시기 바랍니다. 그것이 매일 새로워질 수 있는 방법이니까요.

사랑하는 마음을 갖고 언제나 새롭게 태어난다.

288

행복은 내가 만드는 것

남의 불행 위에 자기의 행복을 만들지 마라.
진실은 따스한 체온을 통해 전해지고, 행복은 진실을 요구한다.
존 러스킨 (John Ruskin)

유독 남의 이야기를 많이 하는 사람들이 있습니다. 남에게 관심이 많은 사람이고, 때로는 남의 불행으로 위안을 받기도 합니다. 자신과는 전혀 상관없는 일인데도 남의 불행이 상대적으로 행복함을 느끼게 하나 봅니다. 이런 사람들은 남의 행복에 대해선 인정해 주지 않고, 오히려 깎아 내리기도 합니다.

남의 불행이 자신의 행복이 되지 않게 하세요. 중요한 건 자신이 만들어 가는 행복이랍니다.

1분 명상 나의 행복은 내가 만들어간다.

289

직접 하십시오

어떤 일이 잘되길 바란다면 그것을 직접 하라.
나폴레옹 (Napoléon)

내가 해야 하는 일을 남이 해 줄 때 당장에는 힘을 들이지 않아 좋다고 할 수 있습니다. 달콤하기까기 하죠. 편하고 달콤함으로 스스로 하지 않고 맡기기만 한다면 결국 자신이 쌓을 수 있는 능력의 기회를 박탈당하는 것입니다. 지금 당장에는 그 일을 하는 게 힘들게 느껴져도, 계속하다 보면 쉽게 느껴지는 날이 분명 옵니다. 그러니 해야 되는 일이라면 자신이 직접 하면서, 실력을 쌓고 성취해 나가시기 바랍니다.

어떤 일이든지 직접 하는 힘을 기른다.

290

절대 낙심하지 마세요

나는 낙심하지 않는다.
모든 잘못된 시도는 전진을 위한 또 다른 발걸음이므로.
토머스 에디슨 (Thomas Edison)

자신에 대한 확신이 부족하거나, 남에게 좋지 않은 평가를 받았을 때 우리는 낙심하게 됩니다. 낙심이 들 때 제일 먼저 드는 생각은 '포기'라는 단어일 것입니다. 하지만 우리가 시도한 모든 일에 실패란 없습니다. 그 시도로 최선의 답을 찾아낼 테니까요. 중요한 건 자신에게 확신을 가지고, 남의 말에 흔들리지 않는 것입니다. 절대 낙심하지 마시기 바랍니다.

1분 명상

나의 마음엔 낙심은 없다.

291

서로를 이해하는 비결

자기를 알고자 하거든 남을 주의해 보라.
반대로 남을 알고자 하거든 자기 마음을 들여다보라.
프리드리히 폰 실러 (Johann Christoph Friedrich von Schiller)

누군가를 봤을 때 민감하게 보게 되는 부분이 있습니다. 그 행동이 거슬리고, 불편하게 느껴질 때도 있습니다. 예민하게 받아들여지는 그 부분이 어쩌면 내가 가지고 있는 모습일 수도 있습니다. 어쩌면 나의 싫어 하는 모습일 수도 있습니다. 그렇기에 유독 크게 반응하는 것이죠. 남의 행동을 통해 나를 들여다 볼 수도 있고, 반대로 나의 마음을 통해 상대방을 알아갈 수도 있습니다. 이런 부분들을 통해 자신을 이해하고, 상대방을 이해할 수 있기도 합니다.

남을 통해 나를 이해하고, 나를 통해 남을 이해한다.

292

생각한 대로 사는 방법

자신에 대해 긍정적인 생각을 갖는 방법은 긍정적인 행동을 하는 것이다.
사람들은 생각한 대로 살지 않으면 사는 대로 생각하게 된다.
폴 발레리 (Paul Valéry)

내가 바라는 대로 인생이 펼쳐진다면 얼마나 좋을까요? 생각한 대로의 인생을 살기 원한다면 '행동'을 하면 됩니다. 긍정적인 생각과 행동을요. 그러면 긍정적인 인생이 펼쳐집니다. 인생이 나빠지려야 나빠질 수가 없습니다. 좋은 열매를 얻기 위해서는 좋은 씨앗을 뿌려야 합니다. 좋은 인생을 살려면 좋은 생각을 품고, 좋은 행동을 하면 됩니다. 오늘도 최고로 멋있는 하루를 살아가시기 바랍니다.

1분 명상

나는 생각한 대로의 인생을 살아간다.

293

실력을 쌓으세요

현대에서 행동의 수단은 실력이어야 한다.
가문과 문벌 같은 것은 필요 없다.
오노레 드 발자크 (Honoré de Balzac)

누군가에게 기대어 성공을 해 보려는 사람이 있습니다. 잠깐의 기회는 잡을 수 있을 것입니다. 기회도 중요하지만 그 기회를 잡았을 때 오래갈 수 있는 능력이 중요하다는 사실을 잊지 마시기 바랍니다. 그 능력은 자신의 자리에서 묵묵히 견뎌내고, 연구하며 실력을 쌓은 사람입니다. 실력이 있는 사람은 어떻게든 빛을 발하게 됩니다. 실력을 쌓아가는 날들이 되셨으면 좋겠습니다.

1분 명상 나는 실력과 인성 모두 충분한 사람이다.

294

원망에서 멀어지는 법

자기반성은 엄중히 하고 다른 사람 책망은
가벼이 하면 원망이 멀어진다.
공자 (孔子)

우리는 사람들과 끊임없이 교류하며 살아갑니다. 사람들과의 관계 속에서 싫은 소리도 듣기도 하고, 억울한 일이 생기기도 합니다. 억울한 일이 생길 땐 원망의 마음이 들기도 하죠. 원망의 마음이 든다는 건 누군가의 책임이라고 생각이 들기 때문입니다. 책임을 누군가에게 돌리기보다 받아들이고, 흘려보내는 것이 방법입니다. 원망하는 일에 에너지를 쓰지 마세요. 누군가 원망하면 자신이 힘들어지니까요.

누군가를 원망하느라 에너지를 쓰지 않는다.

295
작은 사랑의 힘

한 방울의 사랑은 금화가
가득 찬 주머니보다 가치가 있다.
보델슈빙크 (Bodelschwingh)

살면서 가슴이 따뜻해지는 순간은 어떤 순간일까요? 누군가 사랑의 힘을 보여 주면 가슴이 울컥해지는 것을 느낍니다. 누군가 나에게 보내 준 작은 친절은 삭막했던 마음을 녹여 주는 힘이 있고, 마음 깊이 감사와 기쁨을 우러나오게 합니다. 사랑의 가치는 돈이나 어떤 보석으로도 값을 매길 수 없을 것입니다. 마음으로 느낄 수 있는 순수하고 고결한 것입니다. 작은 사랑의 힘으로 세상이 더 아름답게 변했으면 좋겠습니다.

1분 명상

한 방울의 사랑을 흘려보낸다.

296

스스로 만족하기

행복은 스스로 만족하는 데 있다. 주어진 조건이 남보다 좋은데도
더 구한다면 영원히 행복하지 못할 것이다.
누구나 남보다 나은 점이 한두 가지는 있지만
열 가지가 다 뛰어난 사람은 없다.
알랭 (Alain)

사람마다 주어진 능력은 다릅니다. 하지만 자신이 가지고 있지 않은 능력에 욕심을 낼 때 결핍이란 것이 생깁니다. 자신에게 없는 능력을 가지고 있는 다른 사람을 보면서 말이죠. 시선을 돌려 보세요. 없는 것에 집중하지 말고 가진 것에 집중하세요. 자신이 가진 능력에 감사하고 개발시켜 보세요. 스스로 만족하는 인생을 사세요. 행복을 느끼는 날들이 많아질 것입니다.

내가 가지고 있는 능력에 감사하고,
스스로 만족하는 인생을 산다.

297
아이디어를 행동으로

인간이 이룬 위대한 업적은 아이디어를 열정으로,
그리고 행동으로 옮긴 결과였다.
토머스 J. 왓슨 (Thomas John Watson)

세상에 없었던 새로운 아이디어를 낼 때 사람들은 무시할 수도 있습니다. 과연 실현이 될 수 있을까 하며 의심의 시선으로 바라보기도 합니다. 하지만 이미 우리에게 익숙해진 세상에 존재하고 있는 모든 것들은 그런 작은 아이디어에서 시작되었다는 것을 기억하세요. 사람들이 비관적인 시선으로 바라보며 무모하다고 할 때 기죽지 마세요. 오히려 획기적인 아이디어로 세상을 바꿀 수도 있습니다. 중요한 건 그 아이디어를 가지고 앞으로 나아가는 것입니다. 열정으로 행동하고 이루면 되는 것입니다.

1분 명상 작은 아이디어를 가지고 끝까지 실행해 낸다.

298

능력을 갖게 되는 방법

할 수 있다는 믿음을 가지면 그런 능력이 없을지라도
결국에는 할 수 있는 능력을 갖게 된다.
마하트마 간디 (Mohandas Karamchand Gandhi)

좋은 기회가 왔는데도 능력이 없다며 그 기회를 거절하는 사람이 있습니다. 해 보지 않은 일에 대한 두려움이 있기 때문이고, 자신감이 없기 때문입니다. 어떤 기회든지 주어졌을 땐 주저하지 말고 일단 부딪히는 용기를 가지시기 바랍니다. 할 수 있다는 자신감을 가지시기 바랍니다. 능력은 경험을 하다 보면 자연스럽게 생기는 것입니다. 그러니 지금 능력이 없다고 주저하면서 좋은 기회를 놓치지 마세요.

일단 부딪히고 경험하면서 능력을 키워 나간다.

299

진정한 승리

이기는 군대는 정신적으로 이긴 후 싸운다.
패하는 군대는 싸움을 시작하고 이기려고 한다.
손자 (孫子)

이긴다는 것! 어떤 일을 이뤄 낸다는 뜻이고, 경쟁에서 승리한다는 뜻이기도 합니다. 이겨야 하는 무엇이 있을 때 우리는 정신부터 무장해야 할 것입니다. 이길 수 있는 힘을 가지게 하는 것, 바로 정신이니까요. 정신이 확실히 무장되어 있다면, 어떤 상황이 닥쳐도 흔들리지 않고 역전 드라마의 주인공이 될 수 있습니다. 결국 승리할 수 있을 것입니다.

정신을 무장하여 어떤 일에든지 승리한다.

300

세상을 행복하게 하는 힘

자신이 한때 이곳에 살았음으로 해서
단 한 사람의 인생이라고 행복해지는 것, 이것이 진정한 성공이다.
랠프 월도 에머슨 (Ralph Waldo Emerson)

어른은 한 아이의 인생을 바꾸어 놓을 수 있는 힘이 있습니다. 한 아이는 세상을 바꿀 힘을 가지고 있습니다. 한 아이의 인생이 바뀌면 세상이 바뀌는 것입니다. 더불어 행복한 세상이 됩니다. 행복한 세상을 만들어가는 비결은 곁에 있는 한 사람을 행복하게 만들어 주는 것입니다. 한 사람, 한 사람이 행복한 삶을 살 때 세상이 행복해진다는 사실을 잊지 마세요.

1분 명상

상대방을 행복하게 해주고 더불어 나도 행복해진다.

301

꼭 해야 한다는 마음

나는 불가능을 모른다.
나는 뛰어가서 기회를 잡았을 뿐이다.
월트 디즈니 (Walt Disney)

꼭 해야 한다는 마음, 해내겠다는 신념이 불가능한 것을 가능한 것으로 만듭니다. 마음속에 강한 확신으로 나아갈 때 어려움이 와도 이겨 낼 수 있고, 그 가운데서도 기회를 찾아 냅니다. 누군가는 힘들다고 포기하는 것들을 누군가는 버텨서 이루어 냅니다. 또 누군가는 사소한 것에서 기회를 만들어 냅니다. 불가능한 것을 가능한 것으로 만들어 내는 힘은 바로 내 안에 있는 마음입니다.

나의 인생에 불가능한 것은 없다.

302

배움이 주는 기쁨

내가 일찍이 종일 먹지 아니하고, 잠자지 아니하고,
생각을 거듭해도 유익함이 없었나니, 배움만 같지 못하였다.
공자 (孔子)

사람마다 기쁨을 느끼는 부분은 다릅니다. 누군가는 원하는 물건을 손에 넣었을 때 기쁨을 느끼고, 누군가는 뭔가를 배우고 알아가는 것에 기쁨을 느낍니다. 많은 기쁨 중에서도 배움은 삶에 유익함을 가져다줍니다. 배움을 통해 항상 겸손한 태도를 유지하면서 끊임없이 배울 거리를 찾기 때문에 인생이 지루할 틈이 없습니다. 앎이 주는 즐거움, 그리고 깨달음에서 오는 쾌락을 배움을 통해서 한번 느껴 보세요.

1분 명상 나는 기꺼이 배움에 투자하고, 배움의 즐거움을 누린다.

303

감동이 있는 삶

감동이 사라지는 순간 삶은 그만큼 삭막해진다.
감동이 있으므로 삶이 아름다운 것이다.
G.E. 레싱 (G. E. Lessing)

감동을 준다는 것은 마음을 동하게 하는 것입니다. 마음이 동하면 가슴 깊이 따뜻함과 사랑을 느끼게 됩니다. 서로를 향하여 전해지는 마음이 있을 때 세상은 살만하게 느껴지는 게 아닐까요. 세상의 상황들이 우리를 삭막하게 만드는 것 같습니다. 그런 와중에서도 우리는 서로를 향해 움직이는 마음을 계속 키워 나가야 할 것입니다. 그 마음 때문에 우리에겐 아직 희망이 있는 것이니까요.

나는 누군가에게 감동을 주고, 받는 삶을 산다.

304

일상을 여행처럼

단 하나의 미소가 있을 뿐이라면 그것을 사랑하는 이에게 주어라.
집 안에서 퉁명스럽게 있지 마라.
그리고 거리로 나가 전혀 모르는 사람에게 웃으며
"안녕하세요"라고 인사를 건네라.

마야 안젤루 (Maya Angelou)

여행지에서는 사람들과 인사를 하고 이야기를 주고받는 것이 자연스럽습니다. 여행지라는 특수성 때문일까요. 낯선 사람들에 대한 경계가 없어지고, 여행을 온 다른 사람들의 이야기가 궁금해집니다. 하지만 일상에서는 어떤가요. 사람들에게 좀 경직되지 않나요. 나도 모르게 보호막을 치게 되진 않나요. 일상을 여행하듯 살아 보면 어떨까요. 가벼운 마음으로 주변 사람들에게 미소를 띄우고 먼저 인사하는 거예요. 마음이 한껏 여유롭고 기쁜 하루를 보낼 수 있을 거예요.

1분 명상 일상을 여행처럼 가볍고 여유 있게 살아 간다.

305

인기 있는 사람되기

자기만 말하면 누군가를 지루하게 하고 있다는 것을
반드시 알아야 한다.
헬렌 컬리 브라운 (Helen Curley Brown)

사람들이 좋아하는 사람의 특징은 다른 사람들의 말을 잘 들어준다는 것입니다. 누구나 자신의 말에 경청하는 사람을 좋아하기 때문이죠. 자기 말만 하는 것을 좋아하는 사람은 들을 줄 모르고, 다른 사람으로 하여금 피하고 싶은 존재가 됩니다. 그러니 입보다는 귀가 바쁜 삶을 사시기 바랍니다. 상대방과 대화를 할 때 집중해서 잘 들어주는 것이 바로 인기 있는 사람이 되는 비결입니다.

1분 명상

난 사람들의 말을 잘 경청한다.

306

언제나 선택은 내 몫

위기에 처했을 때 인품 있는 사람은 스스로 이를 극복한다.
그는 스스로 행동을 결정하고, 그 책임을 지며, 그것을 자신의 것으로 만든다.
샤를 드골 (Charles de Gaulle)

상황이 좋을 때는 누구나 좋은 사람이 됩니다. 좋은 상황에서 여유 갖기는 쉽습니다. 중요한 건 위기가 왔을 때 어떤 모습을 유지하느냐입니다. 위기 상황에서도 여유 있는 모습으로 상황을 극복하기 위해서는 평소 마음을 잘 단련해야 할 것입니다. 진짜 인품이 위기 상황 때 나오니까요. 스스로 행동을 결정하고, 책임을 지면서 여유 있는 모습을 가지다 보면 어떤 일이든 극복할 수 있을 것입니다.

위기의 순간에서도 인품을 잃지 않는다.

307

아무것도 바랄 것이 없다는 것

아무것도 바랄 것이 없다는 것은
얼마나 큰 기쁨인지 우리는 미처 생각하지 못한다.
세네카 (Seneca)

현재에 만족하지 못할 때 무언가를 바라게 됩니다. 물건이든, 상황이든 말이죠. 아무것도 바랄 게 없는 상태는 지금 현재 그대로에 만족할 수 있는 상태가 아닐까요. 삶에서 뭔가가 부족하다고 느껴질 땐 채우려고 노력합니다. 뭔가가 필요할 땐 누군가에게 부탁을 하기도 합니다. 서로가 서로에게 도움이 되는 건 좋지만, 그래도 아무것도 바라는 것이 없는 상태가 지속이 되었으면 좋겠습니다.

1분 명상 아무것도 바랄 것이 없다.

308

단 한 사람의 힘

아이들이 선천적으로 타고나는 경이로움이 계속 살아있게 하려면
아이들과 더불어 우리가 사는 이 세상의 기쁨, 환희와 신비로움을
새롭게 발견하며, 그 경이로움을 함께 나눌 수 있는
어른이 최소한 한 명 늘 곁에 있어 주어야 한다.
레이철 카슨 (Rachel Louise Carson)

한 아이가 건강하고 바르게 성장하는 데는 여러 사람이 필요하지 않습니다. 아이를 이해해 주고 지지해 주는 한 사람만 있으면 됩니다. 우리가 힘든 세상에서 버틸 수 있게 해 주는 건 많은 사람이 아니라, 묵묵히 들어 주고 바라봐 주는 한 사람입니다. 자신을 있는 그대로 봐 주고, 믿어 주는 한 사람이 있다는 것은 인생을 살아가는 데 있어 큰 힘을 얻게 하며 성공적인 인생을 살게 합니다.

누군가에게 힘이 되는 단 한 사람이 된다.

309

나이에 맞는 인생을 사는 법

쉰 살이 되어서도 세상을 보는 눈이 스무 살 때와 같다면
30년을 허송세월한 셈이다.
무하마드 알리 (Muhammad Ali)

나이를 먹는다고 사람이 달라지지는 않습니다. 나이를 먹으면서 했던 경험으로 달라지는 것입니다. 경험으로 인해 보는 것도 넓어지고, 사람을 대하는 방식도 달라집니다. 젊음을 유지하며 산다는 것은 좋은 것입니다. 하지만 더 중요한 건 나이를 먹는 만큼, 하는 경험만큼 더 넓고 큰 마음을 가진 사람이 되는 것입니다.

1분 명상

품위 있게 나이가 든다.

310

결과에 승복하는 것

어떤 결과라도 기꺼이 받아들일 용의가 있는
한 이 세상에 못 할 일은 없다.
W. 서머싯 몸 (William Somerset Maugham)

열심히 한다고 해서 다 좋은 결과를 내는 것은 아닙니다. 노력에 비해 좋지 않은 결과가 나올 때 낙담하지 않는 사람, 기꺼이 받아들이는 사람이 진짜 용기가 있는 것입니다. 결과에 연연하지 않으면 과정이 즐거워집니다. 모든 과정에서 최선을 다했다는 사실이 중요하고, 좋지 않은 결과로 인해 또 하나의 방법을 알게 되었다는 것이 중요합니다. 어떤 결과든 받아들이겠다는 마음가짐이면 이미 이뤄 낸 것과 같다는 것을 잊지 마시기 바랍니다.

1분 명상 어떤 결과가 와도 난 기꺼이 받아들인다.

311

당신은 주인공

이 세상은 무대이고 남자와 여자는 모두 배우이다.
윌리엄 셰익스피어 (William Shakespeare)

인생은 무대라는 표현을 많이 하곤 합니다. 무대 위에서 내 이야기가 펼쳐진다고 생각해 보세요. 관객들은 내가 연기하는 나의 이야기를 보기 위해 오는 것이죠. 관객들을 위해 순간 순간 몰입을 하며 연기할 것이고 최선을 다할 것입니다. 매 순간의 인생이 무대 위에 펼쳐지고 있다고 생각해 보세요. 특별하지 않은 순간이 없습니다. 오늘도 인생이라는 무대 위의 주인공이 되어 매 순간 최선을 다해 즐겨 보세요.

나는 인생이라는 무대의 명품 배우다.

312

완전한 사람

사랑이 필요한 사람은 완전한 인간이 아니며
불완전한 인간이야말로 사랑이 필요하다.
오스카 와일드 (Oscar Wilde)

인간은 불완전한 존재입니다. 홀로 완벽해질 수 있다고 생각하는 사람도 있겠지만, 결정적인 순간엔 누군가의 도움을 필요로 하고 의지하게 됩니다. 약해질 때도 반드시 있으니까요. 인생을 살면서 함께 온기를 나눌 사람이 필요합니다. 서로가 서로에게 의지하면서 사랑을 하는 모습이 인간으로서의 가장 완전한 모습이 아닐까요.

사랑을 통해서 완전한 나의 모습을 갖춘다.

313

매 순간 행복하게

사람들은 양식을 광에 저장하듯이 행복도 비축해 두었다가
필요에 따라 조금씩 소비할 수 있는 걸로 생각한다.
이것은 잘못이다. 행복은 쌓아 두면 썩어 버리므로
그때그때 만들어야 한다.
랠프 월도 에머슨 (Ralph Waldo Emerson)

인생을 살면서 모든 축복이 나에게 오는 것 같은 때가 있습니다. 인생에서 최고의 순간이라고 말할 수 있을 것입니다. 그 축복으로 인해 행복을 느끼지만, 축복은 오래가지 않을 것입니다. 일시적으로 행운처럼 온 축복으로 인해 행복한 것도 좋습니다. 하지만 매순간 소소한 일들 속에서도 행복을 발견할 수 있어야 할 것입니다.

1분 명상

매 순간 충만한 행복을 느낀다.

314

진정한 챔피언

아무도 당신을 믿지 않을 때도 자기 자신을 믿는 것,
그것이 챔피언이 되는 길이다.
슈거 레이 로빈슨 (Sugar Ray Robinson)

남을 이기고 승리의 자리에 오르는 사람이 챔피언일까요. 진정한 챔피언은 오직 자신과 싸우고, 어제보다 나은 자신을 지향하며 노력합니다. 남이 자신을 믿어 주지 않을 때도 자신을 온전히 믿고 끝까지 할 일을 다합니다. 그리고 결국 자신이 옳았다는 것을 증명해 냅니다. 끝까지 자신을 믿고, 결국 생각대로 이루어 내는 당신이 바로 진정한 챔피언입니다.

나는 내 인생의 진정한 챔피언이다.

315

당신은 다이아몬드입니다

아이디어는 다이아몬드와 같다.
세공 과정을 거치지않으면 거친 돌일 뿐이지만
불순물을 정제하면 보석이 된다.
폴 컬리 (Paul Kearly)

빛나는 다이아몬드도 돌덩이였습니다. 그저 그런 모습이었지만 누군가의 손길로 반짝반짝 빛나는 보석이 되는 것이죠. 우리 인생도 이와 같지 않을까요. 거칠고 보잘것없어 보이는 인생이지만 그 가치를 알아봐 주는 누군가를 만나면 새롭게 태어날 수도 있습니다. 아주 작은 아이디어 또한 별 볼 일 없어 보여도 세공을 잘하면 근사한 것이 될 수 있습니다. 속단하지 말고, 반짝반짝 빛나는 인생으로 만들어 나가시기 바랍니다.

1분 명상

나는 다이아몬드처럼 귀하고 값진 사람이다.

316

자신만의 경쟁력을 갖춰요

우리는 새로운 창조적 혁신의 물결을 맞이하고 있다.
영원한 1등은 존재하지 않고, 삼성도 예외일 수는 없다.
우리만의 경쟁력을 갖추지 못하면 정상의 발치에서 주저앉을 것이다.
이건희

세상은 계속 변하고 있습니다. 내가 변하고 싶지 않다고 해도 세상이 그대로 있지는 않습니다. 지금의 1등이 계속 1등이라는 보장이 없기에 1등이 목표가 되어서는 안 될 것입니다. 어떤 변화가 오더라도 살아남을 수 있는 자신만의 독보적인 경쟁력을 갖추는 것이 중요합니다. 변화를 거부하고 두려워하는 것이 아니라 변화의 파도를 즐기면서 탈 수 있었으면 좋겠습니다.

나만의 독보적인 경쟁력을 갖춘다.

317

유연한 사람이 되세요

단단한 돌이나 쇠는 한 번 깨지면 다시 붙기 어렵다.
그러나 물은 깨져도 다시 붙는다. 부드럽고 연한 까닭이다.
노자

회복 탄력성이라는 말을 아시나요. 스트레스나 역경에 적극적으로 대처하고 시련을 견뎌낼 수 있는 능력을 의미합니다. 회복 탄력성이 높은 사람은 생각이 유연한 사람입니다. 유연한 사고를 가지고 있기 때문에 포용하는 폭이 넓습니다. 부정적인 순간을 맞닥뜨렸을 때도 매몰되지 않고 빨리 빠져나올 수 있는 방법을 찾아냅니다. 유연한 사고를 가지기 위해 노력하면 자연스럽게 회복 탄력성이 높아질 거예요.

1분 명상 생각이 유연한 사람이 된다.

318

드림 킬러를 차단하라

너는 너의 길을 가고, 사람들은
멋대로 지껄이게 하라.
단테 알리기에리 (Dante Alagherii)

목표가 분명하고, 자신이 가고자 하는 길이 있다면 부정적인 말들을 완전히 차단하시기 바랍니다. 가지고 있는 꿈에 대해 응원을 해주지 않고, 안 될 거라며 깎아내리는 사람들이 있습니다. 그런 사람들은 드림 킬러들입니다. 드림 킬러는 과감히 차단하세요. 꿈을 이뤘을 때도 분명히 좋은 말을 해주지 않을 것이 분명하니까요. 옆에 두면서 자신을 갉아먹지 마시기 바랍니다.

1분 명상 눈치 보지 않고 나만의 길을 간다.

319

어떤 사람이 되시겠습니까

단 한 권의 책밖에 읽지 않은 사람을 경계하라.
벤저민 디즈레일리 (Benjamin Disraeli)

우리가 겪는 경험들이 결국 어떤 사람으로 되어 살지 결정하게 합니다. 다양한 경험을 하고 느끼는 사람은 그만큼 품는 것도 클 것입니다. 하지만 하나의 경험만 가지고 있는 사람은 자신의 그 한 경험으로 모든 것을 판단합니다. 그리고 그것이 전부인 줄 압니다. 벼는 익을수록 고개를 숙이는 법이고, 많은 책을 읽은 사람은 책에 대해 아는 척을 하지 않습니다. 하지만 하나의 경험을 한 사람은 어떻게든 내세우려 할 것입니다. 자신의 기준은 하나밖에 없기에 명확하기 때문이죠. 때로는 그 명확함을 조심해야 할 것입니다.

섣불리 모든 것을 판단하지 않는다.

320

조바심 내지 마세요

인생은 한 잔의 차와 같다.
서둘러 마시면 그만큼 더 빨리 바닥이 드러난다.
제임스 매슈 배리 (James Matthew Barrie)

크게 노력하지 않은 것 같은데 일찍 성공을 누리는 사람들이 있습니다. 그들의 빠른 성공에 부러운 마음도 들지만, 한가지 기억해야 할 건 그렇게 얻은 성공이 계속 지속되리란 보장은 없다는 것입니다. 쉽게 얻은 성공은 바닥을 빨리 드러낼 수 있습니다. 쌓아올린 게 없으니 말이죠. 너무 조바심내지 말고 과정을 즐기면서 정상에 도달해 보는 건 어떨까요. 인생을 멀리 보고 여유 있게 채워가면서요. 바닥이 빨리 드러나지 않게요.

1분 명상

천천히 여유를 즐기며 정상에 도달한다.

321

사랑은 배려입니다

세상에는 사랑받기를 원하면서도 남을 괴롭히고 해쳐,
사랑을 멀리하는 자가 있다.
조지 버나드쇼 (George Bernard Shaw)

세상에서 가장 아름다운 단어는 무엇일까요. 바로 '사랑'이라는 단어가 아닐까요. 누구나 사랑을 받길 원합니다. 하지만 각자가 생각하는 사랑, 하는 사랑의 방식은 다를 것입니다. 상대방에게 무조건 맞춰 주는 것이 사랑일수도, 상대를 소유하는 것이 사랑이라고 생각할 수도 있습니다. 자신의 생각대로 표현하는 사랑도 좋지만, 진짜 사랑한다면 상대방의 관점에서 생각하면서 배려하는 마음을 갖게 됩니다. 서로가 서로를 존중하는 행복한 사랑을 했으면 좋겠습니다.

배려하는 사랑을 한다.

322

가까이에 있는 행복

사람들은 행복을 찾아 헤매고, 행복은 누구의 손에든지 잡힐 만한 곳에 있다.
그러나 마음속에서 만족을 얻지 못하면 행복을 얻을 수 없다.
호라티우스 (Horatius)

현실에서 행복을 느끼지 못할 때 그곳을 벗어나면 행복을 얻을 것만 같은 기분이 듭니다. 그래서 다른 곳으로 떠나 보기도 합니다. 새로운 곳에 가면 환기가 되기 때문에 잠깐은 좋을 수 있습니다. 그런데 시간이 지나면서 그곳도 일상이 되어 갑니다. 중요한 건 행복을 찾아서 뭘 하거나, 어딘가로 가는 것이 아니라 일상 속에서 행복을 느낄 수 있는 자신만의 방법을 아는 것입니다. 지금의 상황에서 만족을 하고, 그 안에서 기쁨을 느끼다 보면 행복을 느낄 수 있습니다. 행복은 가까이 있다는 사실을 기억하세요.

1분 명상

행복은 가까이에 있다. 난 만족한다.

323

꿈을 먹고 사는 사람

나는 밤에만 꿈을 꾸는 게 아니라 하루 종일 꾼다.
먹고살기 위해 꿈을 꾼다.
스티븐 스필버그 (Steven Allan Spielberg)

누군가 꿈을 꿀 때, 꿈은 인생을 책임져 주지 않는다고 충고하는 사람들이 있습니다. 하지만 세상은 꿈을 꾸는 사람들로 인해 바뀝니다. 꿈을 꾸고, 꿈에 대한 생각을 계속 하다 보면 현실적으로 이룰 방법들이 보이고, 행동으로 이루어내는 것입니다. 꿈을 꾸는 사람들은 다른 사람들이 일을 할 수 있는 곳을 만듭니다. 대부분의 사람들은 그 안에서 일을 하지요. 꿈을 꾸는 사람이 되셨으면 좋겠습니다. 더불어 꿈은 가능한 크게 꾸고, 이루어질 때까지 계속 생각하면서 행동하시기 바랍니다.

나는 꿈을 크게 꾸고, 반드시 이루어낸다.

324

각자의 소명

나는 하나님이 그저 평범하게 살아가라고
우리를 이 세상에 보낸 것은 아니라고 믿는다.
루 홀츠 (Lou Holtz)

누구나 이 세상에 태어난 목적이 있습니다. 그것을 '소명'이라고 하죠. 소명을 발견한 사람도 있을 것이고, 찾아가는 중일 수도 있습니다. 꼭 삶에 대한 목적이 있어야 하냐고 한다면 아니라고 말할 수도 있습니다. 하지만 소명이 있는 삶과 없는 삶은 분명 다를 것입니다. 자신이 특별한 사람임을 깨닫고 하루하루 기쁨 충만한 삶을 누리시기 바랍니다.

1분 명상 나는 나의 소명을 발견하여 산다.

325

다시 살 수 있다면

내가 인생을 다시 산다 해도
지금의 인생과 별 차이가 없을 것이다.
윈스턴 처칠 (Winston Churchill)

지금 가지고 있는 경험을 가지고 어린 시절로 돌아간다면 더 완벽한 인생을 살 수 있을 텐데…. 지금과는 다른 선택을 했을 텐데…. 간혹 이런 생각을 하진 않으시나요. 하지만 지나간 시간은 다시 돌아갈 수 없습니다. 우리는 그저 지금 현재를 살아야 합니다. 더 나이가 들어 지금을 돌아봤을 때 저런 생각을 하면서 후회하지 않게 말이죠. 매 순간 최선을 다한 삶에는 후회가 없습니다. 그리고 웃으면서 말할 것입니다. 과거로 돌아간다고 해도 지금 이대로의 선택을 하며 똑같이 살 거라고. 그 정도로 인생에 대해 만족한다고 말이죠.

1분 명상 다시 살아도 똑같은 인생 최고의 순간을 만든다.

326

열정의 힘

마음속에 정열이 불타고 있을 때가 가장 행복하다.
정열이 식으면 급속도로 퇴보하고 무위하게 된다.
라로슈푸코 (La Rochefoucauld)

목표를 향해 달려 나갈 때는 그 목표만 향해 가기 때문에 다른 것을 생각할 겨를이 없습니다. 열정을 가지고 몰입을 하다 보면 희열을 느끼기도 합니다. 가장 조심해야 할 때는 목표를 달성하고 난 후입니다. 목표에 도달했을 때 잠시 기쁨을 느끼지만 금방 허무함이 몰려올 수도 있습니다. 그럴 땐 또 다른 목표를 세워 보세요. 목표를 이루는 과정 속에서 우리는 몰입을 하고 열정을 갖게 됩니다. 그 상황에서 아마 우린 행복을 느끼고 있을 것입니다.

과정 속에서 행복한 열정을 유지한다.

327

멘토를 삼고 가는 것

훌륭했던 사람들의 삶을 배워라,
그들이 무엇을 소원했으며 무엇을 소중히 했는지,
무엇을 동경하느냐에 따라 인품이 결정된다.
윌리엄 메이크피스 새커리 (William Makepeace Thackeray)

가전 제품을 사면 사용 설명서가 들어 있습니다. 가전 제품을 그냥 설치하는 경우도 있겠지만, 사용 설명서를 보고 그 순서대로 따라 하다 보면 금방 설치할 수 있습니다. 시행착오를 줄여 주는 것이죠. 인생도 마찬가지입니다. 자신이 이루고자 하는 일이 있을 때 그 일을 먼저 이룬 사람의 삶은 나침반과도 같은 역할을 해 줍니다. 롤모델을 설정하고, 멘토를 삼아, 그들의 가치관을 배우고 인격과 습관을 따라 실천해 보세요. 가려고 하는 목표에 있어서 시행착오를 줄여 줄 것입니다.

1분 명상

훌륭했던 사람들의 삶을 배운다.

328

삶은 즐기는 것

마침내 나는 살아야 할 유일한 이유가
삶을 즐기는 데 있음을 알았다.
리타 메이 브라운 (Rita Mae Brown)

각자가 처한 상황과 조건은 달라도 인생을 살아가야 한다는 건 같습니다. 어떤 사람은 인생은 고행이라고 하고, 어떤 사람은 기쁨이라고 합니다. 인생을 바라보는 자신들의 마음가짐과 태도, 시선이 다를 뿐입니다. 이왕 사는 인생, 즐거움을 느끼면서 살 수 있으면 좋지 않을까요. 즐기면서 산다는 건 소소한 것에도 기쁨을 느낄 수 있는 삶입니다. 어떤 일이든 그 안에서 소소한 즐거움을 찾아 누려 보시기 바랍니다.

나는 인생을 즐기며 살아간다.

329

할 수 있다고 말하는 자신감

누군가 당신에게 어떤 일을 해낼 수 있느냐고 물어 올 때마다
"나는 그 일을 확실하게 해낼 수 있습니다"라고 말하라.
부딪혀 최선을 다하다 보면, 어떻게 해내야 하는지 요령이 생기기 때문이다.
시어도어 루스벨트 (Theodore Roosevelt)

처음 하는 일에 있어서 요령을 모르는 것은 당연합니다. 하지만 해낼 수 있다는 자신감을 가지고 있다면 절반은 이뤄 낸 것입니다. 해본 적이 없어서 하지 못한다고, 할 수 없다고 단정해서 말하지 말고 무조건 할 수 있다고 말해 보세요. 말에는 힘이 있습니다. 그 말에 책임지기 위해서라도 최선을 다해 노력할 것이고, 부딪혀서 노력하다 보면 어떻게 해야 하는지 방법을 배우게 되는 것입니다. 중요한 건 할 수 있다고 말하는 자신감입니다.

1분 명상

내게 주어진 기회 앞에서 항상 "네"라고 말한다.

330

운명은 선택이다

운명이란 닭장 속에 떨어진 매의 알과 같은 것이다.
스스로 닭처럼 평범하고 무료한 삶을 선택할 수도 있고
매처럼 힘찬 날개짓을 하면서 일생을 살아갈 수도 있다.
순자 (荀子)

운명은 주어지는 것이 아닙니다. 선택하는 것입니다. 자신이 어떻게 태어났고, 무엇으로 태어났느냐가 중요한 것이 아니라, 스스로가 생각하는 자신이 중요한 것입니다. 환경을 탓하지 말고, 지금의 모습을 바라보지 말고 앞으로 어떤 삶을 살고 싶은지 생각해 보세요. 그리고 그 삶을 살기 위해 노력하세요. 우리는 무한한 가능성이 있고, 결국 자신이 선택하는 대로의 인생을 살아가게 될 테니까요.

나의 운명은 내가 선택한다.

331

기적의 힘을 믿으세요

세상을 살아가는 방법에는 두 가지가 있다.
기적이란 없다고 믿고 사는 것과 어디에나 기적이 존재한다고 믿고 사는 것.
나는 후자의 삶을 선택하기로 했다.
알베르트 아인슈타인 (Albert Einstein)

기적의 힘을 믿으시나요. 기적은 실로 대단한 것이 아닙니다. 우리가 살아가는 하루하루의 의미 있는 일들이 기적입니다. 기적이 있다고 믿는 삶과 없다고 믿는 삶은 큰 차이가 있습니다. 믿음에는 희망이 있고, 희망은 기적을 만들어 냅니다. 우리 모두에겐 기적을 만들어 낼 수 있는 힘이 있습니다. 기적은 존재한다고 믿고 꿈꾸는 사람에게 반드시 주어집니다. 기적을 만들어 가는 삶을 사시길 바랍니다.

1분 명상

나는 기적을 믿는다. 모든 행운이 나에게 오고 있다.

332

최고의 순간은 오고 있습니다

영원히 계속되는 겨울도, 자기 차례에서 빠지는 봄도 결코 없다.
5월은 반드시 4월 다음에 온다.
H. 볼런드 (H. Boland)

인생은 파도 타기와 같습니다. 파도를 타며 즐기는 순간이 오기도 하고, 파도에 밀리는 순간이 오기도 합니다. 파도 속에서 얼마나 잘 견디느냐가 문제입니다. 지금 우울한 일이 있다고 우울한 날이 계속되지 않습니다. 반전이 있는 날은 분명 옵니다. 그날을 위해 오늘도 버티며 사는 겁니다. 버티는 일이 괴롭지 않고, 나름대로의 즐거움이 있었으면 좋겠습니다. 그리고 좋은 일이 왔을 때는 찬란하게 맞아 주세요.

1분 명상 지금 나에게 준비된 최고의 순간이 오고 있다.

333

건강한 마음

육체의 종양이나 농창을 제거하는 것보다도
마음속에서 나쁜 생각을 없애 버리는 것에 마음을 써야 한다.
에픽테토스 (Epictetus)

몸과 마음은 하나로 연결이 되어 있습니다. 몸이 아프면 의욕이 저하되고, 마음이 아프면 몸도 아프게 됩니다. 몸이 아플 땐 치료를 받아야 하지만, 마음이 아플 땐 의지적으로 다스릴 수 있습니다. 아픈 것에 매몰되어 부정적인 생각을 갖지 않았으면 합니다. 내가 할 수 없는 것은 빨리 단념하고, 마음을 제어해야 합니다. 긍정적인 생각으로 채우다 보면 마음이 좋아지면서 모든 것이 제자리를 찾을 것입니다.

항상 마음을 건강하게 유지한다.

334

자신을 돌아보는 삶

거울 속의 자신을 향해 질문을 던져 보라.
"진정 내 꿈을 가로막고 있는 것은 무엇인가?
혹시 내 꿈을 가로막고 있는 것이 정작 나 자신은 아닌가?
주위의 여건을 핑계 삼아 나약하게 숨어 있는 것은 아닌가?"
토마스 바샵 (Thomas Baschab)

자신의 꿈을 가로막는 건 어떤 누구도 아니고, 넘지 못하는 장애물도 아닙니다. 변명 삼아 숨고 싶은 나약한 마음이 아닐까요. 확실한 마음을 갖는다면 주변의 어떤 방해물도 문제가 되지 않습니다. 주변의 핑계거리를 찾기 전에 자신의 마음을 돌아보세요. 믿음과 확신을 가지고 꿈을 향해 전진하시기 바랍니다. 그리고 이뤄 내시기 바랍니다.

1분 명상

변명 거리를 만들지 않는다.

335

삶의 기준과 원칙

나는 다른 어떤 규칙보다도
나 자신의 원칙을 가장 존중한다.
미셸 드 몽테뉴 (Michel Eyquem de Montaigne)

삶의 기준과 원칙은 남이 정해 줄 수 없습니다. 자기 스스로 기준을 정하고 살아가면 됩니다. 그 기준에는 정답이 없습니다. 기준을 만들기 위해서는 자신을 아는 것이 중요할 것입니다. 다른 사람들이 정해 놓은 것은 중요하지 않습니다. 오직 스스로 어떤 기준을 가지고 시간을 쓰면서 살아갈지 분명한 기준을 만들어 놓으세요. 그리고 스스로 결정하는 힘을 기르세요. 본인이 모든 것을 책임지면서 나아가야 하는 인생이기 때문입니다.

인생의 주인은 나다. 삶의 기준은 내가 정한다.

336

무엇을 볼 것인가

장애물은 나를 무너뜨리지 못한다.
모든 장애물은 단호한 결단력을 낳는다.
별에 시선을 고정한 사람은 마음을 바꾸지 않는다.
레오나르도 다 빈치 (Leonardo da Vinci)

어떤 일을 진행할 때 예상치 못한 장애물들을 만나는 경우가 있습니다. 지나고 나면 아무것도 아닐 수 있는데, 당시에는 장애물이 너무 커 보입니다. 하지만 가야 할 목표만 바라본다면 장애물이 와도 흔들리지 않습니다. 장애물을 보고 주저앉을 것인지, 가야 할 목표만을 바라볼지는 본인의 선택입니다. 그 선택에 따라 가는 길이 쉬워지든 어려워지든 할 것입니다. 어렵게 생각하지 마세요. 내가 보려고 하는 그 선택이 중요합니다.

1분 명상 이루고자 하는 목표에 집중한다.

337

준비하는 자세

돌발 사태에 처했을 때, 즉시 해결해 버리는 것은
내가 천재이기 때문이 아니라, 평상시의 숙고와 반성의 결과인 것이다.
식사할 때나 오페라를 구경할 때도, 나는 늘 생각한다.
나폴레옹 보나파르트 (Napoleone Bonaparte)

예상치 못한 일이 일어났을 때 당황하는 건 당연합니다. 문제는 그 다음부터입니다. 안절부절하면서 있을 것인가, 대처 방법을 찾아서 하나씩 풀어갈 것인가. 평소에 어떤 경험을 하고, 어떻게 시간을 쓰고, 어떤 생각을 하면서 살았는지에 따라 대처하는 것이 달라질 수 있습니다. 어떤 문제에 대해 심사숙고 하면서 생각하다 보면 예상치 못한 순간에 해결 방법이 떠오를 때가 있습니다. 평소의 습관 속에서 번뜩이는 아이디어가 나오는 것입니다.

1분 명상 항상 준비하는 자세로 심사숙고하는 습관을 기른다.

338

한계 뛰어넘기

인생에서 가장 멋진 일은 사람들이 당신이 해내지 못할 거라
장담한 일을 해내는 것이다.
월터 배젓 (Walter Bagehot)

할 수 있을 것 같은 것을 해내는 것에 사람들은 반응하지 않습니다. 예상치 못한 일을 해냈거나 불가능해 보였던 일을 해냈을 때 사람들은 열광합니다. 해낼 수 없을 것 같은 일을 해내는 건 자신의 한계를 뛰어 넘는 일입니다. 그 어떤 것보다 짜릿한 감정을 느끼게 하고 사람들의 인정은 덤입니다. 해낼 수 없다고 장담하는 일에 도전을 해 보세요. 그리고 이루어 보세요. 멋진 인생이 펼쳐질 거예요.

나의 한계를 뛰어넘으며 짜릿한 감동을 맛보는 삶을 산다.

339

저항은 성장입니다

반대자를 두려워하지 말라.
연은 바람을 거슬러서 솟아오른다.
해밀톤 메이비 (Hamilton Maybe)

어떤 일을 할 때 누구도 반대하지 않고, 좋다고 말한다면 당장에는 좋습니다. 순항하는 배 같기도 하죠. 만약 그 일에 반대하는 사람이나 염려하는 사람을 만나면 어떻게 할까요. 더 긴장하고, 염려에 대비하기 위해 완벽해지려고 노력할 것입니다. 그렇게 성장하고 발전하게 됩니다. 반대자가 있다면 두려워하지 말고, 감사하게 여기고 성장의 기회로 삼으시길 바랍니다.

1분 명상 저항을 성장의 기회로 생각하며 발전한다.

340

하루에 한 번, 하늘 보기

소중한 것을 깨닫는 장소는 컴퓨터 앞이 아니라
언제나 새파란 하늘 아래였다.
다카하시 아유무 (高橋步)

디지털 시대에 살고 있는 우리들은 예전엔 어떻게 살았을까 할 정도로 많은 시간을 인터넷과 함께 보내고 있습니다. 사람이 편하게 살려고 만들어 놓은 기계에 속박당하고 살고 있지는 않은지 생각해 볼 필요도 있을 것 같습니다. 가끔은 디지털 세상에서 벗어나 아날로그 시간을 누려 보는 건 어떨까요. 디지털로 누군가와 끊임없이 소통하는 것도 좋지만, 가끔은 하늘을 바라보면서 자신과 대화를 해 보세요. 생각지도 못한 행복을 느낄 수도 있으니까요.

매일 하늘을 본다.

341

회피하지 마십시오

오늘 회피한다고 해서 내일 그 일에 대한 책임을
피할 수는 없는 것이다.
에이브러햄 링컨 (Abraham Lincoln)

어떤 사람과 오해가 생겼을 때 당황해서 행동을 취하지 못하고 계신 적 있나요. 아니면 시간이 지나면 자연히 해결될 거란 생각에 그냥 놔두는 경우가 있지는 않았나요. 대면하기 싫어서일 수도 있습니다. 그냥 해결되는 문제는 없습니다. 가장 현명한 방법은 오해가 발생한 즉시 솔직하게 대면하고 해결해 나가는 것입니다. 시간이 지나면 더 큰 오해가 쌓이고 마음도 편하지 않을 것입니다. 당장에 힘들더라도 용기를 내서 대면하고 해결해 나가시기 바랍니다.

1분 명상

문제가 있을 때 회피하지 않고 바로 해결한다.

342

행복의 기준

사람들은 자기가 행복해지는 것보다 남에게 행복하게 보이려고 더 애를 쓴다. 남에게 행복하게 보이려고 애쓰지만 않는다면, 스스로에게 만족하기란 그리 힘든 일이 아니다. 남에게 행복하게 보이려는 허영심 때문에 자기 앞에 있는 진짜 행복을 놓치는 수가 많다.

프랑수아 D. 라 로슈푸코 (François VI, Duc de La Rochefoucauld)

누군가 나를 바라볼 때 '행복한 인생'을 살고 있다고 해 주면 기분이 좋습니다. 남이 바라보는 행복한 인생에 부응하고도 싶어 보여지는 행복에 애를 쓰게 됩니다. 하지만 남에게 보여지는 삶은 머지않아 지칠 것입니다. 행복의 기준을 남이 아닌 자신에게 두시기 바랍니다. 남의 시선이 아닌 스스로 만족할 수 있는 인생을 살아가시기 바랍니다. 보여지는 것 때문에 자기 앞에 있는 진짜 행복을 놓치는 실수는 하지 마시기 바랍니다.

나는 행복의 기준을 스스로 정한다.

343

참지 마세요. 울어도 돼요

성급한 자가 그 화를 풀고, 사나운 자가 그 원망을 풀려면,
무릇 우는 것보다 빠른 길은 없다네.
연암 박지원

마음속에 분노나 억울함이 쌓여 넘칠 때, 슬플 때도 아플 때도 우리는 울 수 있습니다. 실컷 울고 나면 편해진 경험 있으시지 않나요. 때론 눈물이 약이 될 때가 있어요. 눈물로 인해 마음의 찌꺼기가 없어지는 느낌을 받습니다. 참지 말라고 말해주고 싶어요. 참다 보면 곪아 터질 때가 반드시 오니까요. 우리 자신의 감정에 솔직해지면서 참지 말고 표현하면서 살아요. 충분히 그래도 되는 우리의 인생이니까요.

1분 명상

참지 말고 표현하는 삶을 산다.

344

상상하는 대로 결과가 이루어진다

결과를 상상하라. 이성이 개입하려 할 것이다.
그러나 끝까지 단순하고 순수한, 기적을 일으킬 수 있는 믿음을 지녀라.
조셉 머피 (Joseph Murphy)

순수한 마음으로 바랄 때 우리는 기적을 봅니다. 아무리 계산을 해도 일어날 것 같지 않은 일들이 일어나곤 합니다. 기적은 이성적으로 계산하는 일에 반응하지 않습니다. 순수한 믿음이 있을 때 일어납니다. 그러니 믿음을 가지고 더 많이 상상하고 바라도 됩니다. 기적은 믿는 대로 이루어지는 것입니다.

1분 명상

내가 상상한 것은 현실이 된다.

345

긍정적인 하루를 시작하는 방법

평화롭고 만족스러우며 행복한 마음가짐으로 하루를 시작하라.
그러면 즐겁고 성공적인 날들이 전개될 것이다.
노먼 빈센트 필 (Norman Vincent Peale)

일어날 때의 마음가짐에 따라 하루의 기분이 달라집니다. 잠자리에서 일어나는 것은 쉽지 않지만, 일어날 때 "감사합니다"를 외치면서 하루를 시작해 보는 것은 어떨까요. 새로운 하루를 맞는 나의 태도와 일어나는 일들이 달라지는 경험을 하게 될 것입니다. 긍정적인 마음으로 하루를 시작할 때 최고의 날을 만들 수 있습니다. 최고의 날들이 이어지며 즐겁고 성공적인 인생을 살게 됩니다.

긍정적인 생각으로 하루를 맞는다.

346

실패에 대처하는 법

나는 언제나 청년의 실패를 흥미 있게 바라본다.
청년의 실패야말로 그의 성공의 척도다. 그는 실패를 어떻게 생각하였는가,
절망했는가, 후퇴했는가, 또는 더욱 용기를 가지고 전진하였는가,
그것으로 그의 생애가 결정된다.

핼무트 폰 몰트케 (Helmuth Karl Bernhard Graf von Moltke)

실패한 일이 있나요. 실패했다는 건 시도했다는 뜻입니다. 그러니 실패가 아닙니다. 시도 속에서 경험이 쌓이고, 경험을 통해 배운 게 분명 있을 것입니다. 그리고 경험을 통한 실패를 분석하면서 답을 찾게 될 것입니다. 유레카를 외칠 만한 답을 찾고 결국 성공할 것입니다. 그러니 낙담하지 말고 계속 시도하시기 바랍니다.

1분 명상

실패 속에서 더 성장하고 발전한다.

347

칭찬은 고래도 춤추게 한다

칭찬은 귀로 먹는 보약과 같다. 지휘와 지도력에는 많은 능력과 자질,
기술이 요구된다. 추진력, 설득력, 판단력, 인지력 등등…
그러나 잘한 일을 칭찬함으로써 얻어지는 격려와 높은 사기를
대신할 수 있는 것은 아무것도 없다.
레드 뉴먼 (Aubrey S. "Red" Newman)

누군가의 진심 어린 칭찬 한마디에 기분이 좋아집니다. 칭찬 한마디로 인해 한 사람의 미래가 변화되기도 합니다. 단순한 말이라고 생각하지만 단순한 말이 아닌 것입니다. 칭찬에는 힘이 있습니다. 칭찬으로 인해 누군가는 인생의 터닝 포인트를 맞을 수도 있고, 끝까지 할 수 있는 힘을 얻기도 합니다. 채찍은 단기간의 능력을 끌어올 수는 있지만, 칭찬은 모든 것을 변화시킬 수 있습니다.

누군가에게 칭찬으로 힘을 준다.

348

변화는 나에게서부터

문제에 봉착했을 때는 환경이나 주변 사람을 탓하지 말고
자기 자신에게서 먼저 문제를 찾으세요. 주변 사람이나 환경을
바꾸기보다 자신을 변화시키는 일이 훨씬 쉬우니까요.
힐러리 클린턴 (Hillary Diane Rodham Clinton)

어떤 문제가 생겼을 때, 힘든 일이 왔을 때 남 탓을 하면 마음이 편해집니다. 자신의 책임이라고 느끼는 순간 마음이 힘들어지기 때문이죠. 자신과 마주하는 일은 결코 유쾌한 일만은 아닙니다. 자신이 싫어하는 부분, 부인하고 싶은 부분까지도 봐야 하거든요. 그럼에도 불구하고 어떤 문제가 생겼을 때 자신과 마주하고 그 안에서 해결법을 찾아 보세요. 처음엔 고통스럽고 힘들어도 좋은 방향으로 변해가고 성장하는 자신을 느낄 수 있을 거예요. 누군가를 향한 원망의 마음을 키워가지 않을 거예요. 다른 사람을 바꾸는 것보다 자신을 변화시키는 것이 가장 쉬운 일이니까요.

변화는 나에게서부터 시작된다.

349

걱정하지 마세요

해결될 문제라면 걱정할 필요가 없고,
해결이 안 될 문제라면 걱정해도 소용없다.
티베트 격언

마음을 불안하게 만드는 문제들이 있습니다. 걱정을 한다고 해결될 문제가 아니라는 것도 아는데 마음속에서 쉽게 떠나가지 않습니다. 그럴 땐 그 생각들을 흘려 보내는 연습을 하세요. 걱정하는 마음을 끊어내고, 순리에 맡기세요. 어떻게든 해결될 거란 믿음을 가지고 걱정으로부터 자유로워지세요. 문제는 알아서 풀릴 것입니다.

1분 명상

걱정을 사서 하지 않는다. 오늘부터 걱정을 멈춘다.

350

인연을 내 편으로 만드는 법

원하는 사람을 만난다면 머뭇거리지 마세요. 기회는 여러 번 오지 않습니다.
자존심 따위는 생각하지도 마세요.
다이앤 소여 (Diane Sawyer)

나와 마음이 맞는 사람, 좋은 사람을 만나기가 점점 쉽지 않아집니다. 조금이라도 마음이 통하는 사람을 만났다면 망설이지 말고 좋은 인연으로 만드시기 바랍니다. 머뭇거리는 그 시간 때문에 좋은 인연을 놓쳐 버릴 수 있습니다. 잠깐의 용기와 자신감이면 됩니다. 자존심을 내려놓고 다가가시기 바랍니다. 그 사람이 행복을 주는, 평생 함께할 수 있는 인연이 될 수 있으니까요.

마음에 드는 사람이 있으면, 내 인연으로 만든다.

351

행복을 스며들게 하는 방법

남을 행복하게 하는 것은 향수를 뿌리는 것과 같다.
뿌릴 때 자기에게도 몇 방울 정도는 묻기 때문이다.
탈무드

행복은 스며드는 마음과도 같습니다. 혼자 느끼는 행복도 좋지만, 소중한 누군가 행복을 느끼는 모습을 바라봤을 때 행복은 두 배가 됩니다. 스며드는 행복은 잔잔한 여운을 가져다 줍니다. 누군가를 행복하게 해 주기 위해 노력해 보세요. 서로가 서로를 향한 행복의 마음이 퍼질 때 세상이 더 살만 해지는 것 같습니다. 오늘보다 내일 더 따뜻한 하루가 되기를, 그리고 행복한 사람이 더 많아지길 바라 봅니다.

누군가를 행복하게 하면서 더 큰 행복을 느낀다.

352

사랑의 치료제

더욱더 사랑하는 것밖에는 사랑의 치료법이 없다.
H.D. 도로우 (H. D. Thoreau)

우리는 사랑으로 인해 웃기도 하고 울기도 합니다. 사랑할 때 온 마음을 내어 주고 있나요. 혹시 모를 상처에 대비하기 위해 온전히 마음을 내어 주지 못하지는 않나요. 사랑을 할 때는 온 마음을 다하시기 바랍니다. 그래야 후회가 없습니다. 사랑은 영원하지는 않을 것입니다. 그러니 지금 주어진 사랑에 최선을 다하고, 더 많이 사랑하세요.

1분 명상

오늘도 더 많이 사랑한다.

353
자신과의 싸움

우리는 자신을 이김으로써 자신을 향상 시킨다.
자신과 싸움은 반드시 존재하고, 거기에서 이겨야 한다.
에드워드 기번 (Edward Gibbon)

목표한 일을 이뤄 낼 때, 자신과 싸워야 할 때가 옵니다. 자신의 게으름과 싸워야 하고, 자신의 무지와 싸워야 합니다. 그 밖에 자신이 나약하다고 생각하는 부분들이 있겠죠. 그 부분들을 딛고 일어서면서 강하게 만들어 나가는 것입니다. 그 과정들을 겪으며 하나 하나 해 나갈 때 비로소 자신과의 싸움에서 이기고 발전하고 성장할 수 있는 것입니다. 오늘도 자신과의 싸움에서 이겨 승리하는 하루가 되시길 바랍니다.

나는 나와의 싸움에서 이긴다.

354

결핍이 주는 축복

나는 어릴 때 가난 속에서 자랐기 때문에 온갖 고생을 참으며 살았다.
많은 영웅과 위인이 가난 속에 태어났다.
성실 근면하며 자신의 일에 최선을 다한다는 정신만 있으면
가난하더라도 반드시 큰 꿈을 이룰 수 있다.
에이브러햄 링컨 (Abraham Lincoln)

원하는 것이 채워지지 않을 때 우리는 '결핍'이 있다는 표현을 합니다. 사람마다 가지고 있는 결핍은 다릅니다. 어떤 사람에겐 가난이, 어떤 사람에겐 채워지지 않는 사랑이 결핍일 수도 있습니다. 중요한 건 각자가 결핍을 대하는 태도입니다. 결핍을 탓하지 말고, 성장의 원동력으로 삼으십시오. 최선을 다해서 이뤄 내면 됩니다. 결국 결핍이 축복이었다는 말을 할 수 있는 날이 올 것입니다.

1분 명상

결핍으로 인해 더 성장하고 성공한다.

355

변화하는 세상에 적응하세요

지키려고 하는 순간 몰락이 시작된다.
현상 유지에 몰두하는 것이 실패하는 기업의 가장 큰 특징이다.
짐 해리스 (Jim Harris)

자신이 목표했던 위치에 다다랐을 때 안도하게 됩니다. 간절하게 목표를 향해 달려왔던 때와는 달리 변화보다는 안정에 초점이 맞춰질 수도 있습니다. 이룬 것을 지키는 것도 중요하지만, 더 중요한 건 계속해서 변화하려는 마음가짐입니다. 세상은 너무나도 빠르게 변하고 있습니다. 현상 유지만 하겠다고 하는 마음은 이미 퇴보의 길을 걷고 있는 것과도 같습니다. 그러니 우리는 계속 변화하면서 성장하고 발전해야 합니다.

나는 고인 물이 되지 않는다. 매일 성장하고 발전한다.

356

비전 보드 만들기

성공 비결이라면 큰 비전을 가졌던 것뿐이다.
빌 게이츠 (Bill Gates)

이루고 싶은 꿈이 있나요. 먼저 그 꿈과 가장 근접한 이미지를 찾아보세요. 그리고 이미지를 인쇄합니다. 큰 보드를 하나 만들고 이루고 싶은 이미지들을 붙입니다. 이미지 밑에 원하는 꿈을 글로 적어 줍니다. 이것이 바로 자신의 비전 보드입니다. 비전 보드에 있는 사진과 글을 보면서 매일 그 꿈을 이룬 자신을 상상하고, 기분을 느껴봅니다. 시간이 지나고 어느 순간 비전 보드에 것들이 현실이 되는 마법을 보실 수 있을 거예요.

1분 명상

꿈꾸고 바라는 것은 모든 이루어진다.

357

자신을 최고로 대우해 주기

자신을 하찮은 사람으로 취급하지 마라.
태도는 자신의 행동과 사고를 옭아매게 한다.
프리드리히 니체 (Friedrich Wilhelm Nietzsche)

남에게 대우받으면서 사는 건 기분이 좋습니다. 자신이 귀한 사람이라는 느낌을 갖게 하니까요. 남에게 대우받는 것도 좋지만, 자신이 자신을 어떻게 대우하고 있는지 한번 돌아보세요. 평소 내가 나를 대하는 습관과 태도는 나를 결정합니다. 작은 습관과 태도로 자신이 만들어 집니다. 그리고 다른 사람들에게도 전달이 됩니다. 자신을 최고로 귀하게 대우해 주세요. 남들이 나를 어떻게 대하는지보다 중요한 건 내가 나를 어떻게 대하고 있느냐 하는 것이니까요.

나는 나에게 최고의 대우를 한다.

358

나의 매력 발견하기

아름다움이란 당신이 자신을 받아들이기로
결심할 때부터 시작된다.
코코 샤넬 (Gabrielle Bonheur Chanel)

자신만의 매력을 발견하고 싶은데, 없는 것 같나요. 평소 자신의 장점보다 단점에 집중하지 않았나 생각해 보세요. 진정한 아름다움은 있는 그대로의 자신을 받아들이고 인정하는 것입니다. 자신의 단점을 찾아 고치면서 완벽한 사람이 되어가는 것이 아닙니다. 자신이 가지고 있는 것들이 단점이 아닌 장점으로 보이기 시작하면서 매력을 발산하게 됩니다. 자신을 온전히 받아들이면서 진정한 아름다움을 만들어 나가시기 바랍니다.

1분 명상 오늘도 나의 매력 한 가지를 발견해 나간다.

359

장단점 노트를 작성해 보세요

내 경험으로 미루어 보건대,
단점이 거의 없는 사람은 장점도 거의 없다.
에이브러햄 링컨 (Abraham Lincoln)

자신에 대해 더 잘 알고 싶고, 성장하고 싶으신가요. 객관적으로 자신을 바라보는 시간을 가져 보세요. 자신을 들여다보는 것은 남을 들여다보는 것보다 더 힘겹고 피곤할 수 있습니다. 하지만 자신을 바로 알고 나면 세상을 살아가는 것도, 다른 사람과 관계를 맺는 것도 조금은 쉬워질 것입니다. 자신의 장단점을 노트에 써 보는 것을 추천합니다. 단점에는 극복할 방법도 한번 적어 보세요. 나를 객관적으로 바라보는 작업을 통해 성장과 발전을 이루어 가시기 바랍니다.

나를 객관적으로 알고, 나에 대해 신뢰를 갖는다.

360

기회비용은 늘 있다

가장 큰 위험은 위험을 감수하지 않는 것이다.
마크 저커버그 (Mark Elliot Zuckerberg)

젊었을 때는 시간이 무한할 것만 같습니다. 지금 이 기회를 잡지 않아도 다음에 또 올 것이란 착각이 들기도 합니다. 그래서 위험을 감수하지 않으려 합니다. 편한 길을 택하려고만 합니다. 하지만 어떤 선택이든 늘 기회비용이 따른다는 것을 잊지 마세요. 이루고 싶은 것이 있다면 그 목표를 위해 다른 것을 포기해야 하는 시기도 있는 것입니다. 그 기회비용을 감수할 때 나중에 더 큰 것을 이룰 수 있는 것입니다.

1분 명상 목표한 일로 인한 기회 비용을 과감히 치른다.

361

재능이 있거든

재능이 있거든 가능한 모든 방법으로 사용하라. 쌓아 두지 마라.
구두쇠처럼 아껴 쓰지 마라. 파산하려는 백만장자처럼 아낌없이 써라.
브렌던 비언 (Brendan Francis Behan)

자신에게 주어진 재능을 발견하셨나요. 재능은 누구에게나 공평하게 주어지진 않지만, 그래도 각자가 가지고 있는 재능은 반드시 있을 것입니다. 남이 가진 재능을 부러워하기보다는 자신에게 있는 작은 재능에 감사하세요. 그리고 재능을 쓰기 위해 밤낮으로 노력하세요. 재능은 아낌없이 쓰려고 할 때 더 크게 빛날 수 있습니다. 그러니 의심없이 마음껏 최선을 다해 쓰기 바랍니다.

나의 재능을 아낌없이 써서 널리 알린다.

362

특별한 사람

나는 항상 나 자신이 특별한 사람이라고 생각했다.
그렇게 느끼도록 만든 건 바로 나의 엄마와 아빠였다.
스티브 잡스 (Steven Paul Jobs)

지구상의 많은 사람 중에 나와 같은 모습, 같은 생각을 하는 사람이 있나요? 없을 것입니다. 그렇기에 우리는 모두가 특별한 존재입니다. 자신이 특별한 존재라고 생각하는 순간, 특별한 사람이 되는 것입니다. 그리고 세상을 위해 특별한 일을 할 수 있습니다. 특별한 자신의 능력을 마음껏 보여 주세요. 그리고 주변의 사람들이 특별한 매력을 인지할 수 있도록 함께 응원해 주세요.

1분 명상

나는 누가 뭐래도 특별한 사람이다.

363

간절함이 운명이 된다

삶은 우리가 무엇을 하며 살아왔는가의 합계가 아니라
우리가 무엇을 절실하게 희망해 왔는가의 합계이다.
호세 오르테가 이 가세트 (José Ortega y Gasset)

인생을 살아가면서 우리가 무엇을 하면서 살아왔는가는 중요하지 않습니다. 매 순간 그 무엇을 이루기 위해 얼마나 간절하게 희망하여 왔느냐가 중요합니다. 그 간절함이 각자의 운명이 되기 때문입니다. 간절하게 희망을 해 온 것들이 있으신가요. 간절함으로 이뤄 낸 것들을 누군가는 기적이라고 합니다. 하지만 간절함이 없으면 기적은 이루어지지 않습니다. 간절함이 운명이 된다는 사실을 기억하세요.

1분 명상 나의 간절한 마음으로 운명을 만들어 나간다.

364

함께해서 좋은 세상

나는 이 지상에 파라다이스를 만드는 일이 얼마나 간단한지
보여주고 싶었다.
훈데르트바서 (Hundertwasser)

세상에는 한 종류의 사람만 존재하지 않습니다. 다양한 모습의 사람들이 있어 각자의 모습대로 사회라는 큰 모형을 보기 좋게 맞춰 나갑니다. 이렇게 취향과 성향이 다른 사람들이 있기에 사회가 더 잘 돌아가는 것입니다. 비슷한 사람만 있어서는 발전할 수 없습니다. 다양한 사람들이 한 목표를 가지고 달려나갈 때 우리는 최고의 아름다운 작품을 만들어 낼 수 있습니다.

사람들과 함께 좋은 세상을 만들어 나간다.

365

좋게 되어 가는 세상

나는 하나의 절실한 소원을 가지고 있다. 그것은 내가 이 세상에
태어난 까닭에 조금이라도 세상이 좋게 되어 가는 것을
볼 때까지 살고 싶다는 것이다.
에이브러햄 링컨 (Abraham Lincoln)

누구나 마음속에 간직한 소원이 있습니다. 자신을 위한 것일 수도, 다른 사람을 위한 소원일 수도 있습니다. 그 모든 소원들이 이루어지는 방법이 하나 있습니다. 그건 바로 세상이 좋아져야 한다는 것입니다. 세상이 좋아지면 모든 사람들의 소원은 금방 이뤄질 것입니다. 가끔 좋지 않은 소식도 들리지만, 그와중에서도 우리는 감사할 거리를 찾으며 오늘을 살아갑니다. 좋은 세상에서 모두가 행복한 삶을 살았으면 좋겠습니다.

1분 명상

세상은 점점 좋게 되어 간다.

겨울,

온 세상이 설원인데
그리웠던 순간을 호명했다